インク・スタンド
その後

Komoro Etsuo
小諸悦夫

鳥影社

インク・スタンドその後　目次

インク・スタンドその後

承前

中原雄二は敗戦間際に強制疎開で、母親の実家がある群馬県の西井田町に母と兄とでやってきて、県立足原中学の二年に編入した。間もなく敗戦となり、世の中は文化国家になるんだと、すべての価値観が逆転して、世の中は自由にあふれるようになった。

雄二は文学に憧れて小説を読み漁る毎日を過ごしていた。旧制中学は新制高校になった。その三年の夏休み前、彼は西井田町の谷《やつ》にある紅沢村から通ってくる足原女学校二年の山室奈津子に交際を申し込むラブレターを渡し、交際をスタートさせた。奈津子も東京からの疎開者だったことから、急速に親しくなっていったのだった。

兄は町役場に勤め一家を支えていた。

雄二は町の印刷所でアルバイトをして家計の足しにしていたが、夏休みの一日、奈津子を誘って、町の西北の高原にある山川牧場にピクニックに出かけた。それは楽しいものであった。奈津子は帰ってからしばらくして、埼玉県の長瀞《ながとろ》に行き、お土産として雄二に文鎮のような石でできたインク・スタンドをプレゼントした。彼は喜び、ずっと持ち続けることを約束して奈津子を喜ばせるのだった。

しかし、交際は雄二の母に知られ、叱責され、泣く泣く雄二は奈津子と別れることになった。「家庭の事情で別れなければならなくなりました」との手紙で、雄二は奈津子の前から姿を消した。

雄二は経済的理由で進学を諦め、教師のつてで、東京の広告代理店に勤めることになったのである。

インク・スタンドその後

一

中原雄二が足原高校を卒業して入社した東京の広告代理店は一年もたたずにつぶれて、雄二は路頭に迷うことになった。戦後の混乱期からようやく抜け出したと見えた社会はまだ脆弱で、新しい会社ができると又つぶれるといった状態だった。

会社の寮から出なければならなくなって、泊まるところもない状態だった。上司だった人が見るに見かねて、印刷会社を紹介してくれなかったら、雄二は野垂れ死にしていたかもしれない。

印刷会社は大きくはなかったが、彼にとっては高校三年のときにアルバイトをした経験がいくらか役に立って、会社では重宝がられた。彼は一生懸命働いた。会社の業績はいいようだったけれど、そのため仕事量はめっぽう多く、毎日残業で夜遅くまで仕事が途絶えることはなかった。

休めるのは日曜だけで、昼近くまで寝ていて、起きると溜めた洗濯物を洗い、夕方からは映画館に出かけて、見たかった映画を見るのが楽しみだった。封切の映画館は高いので、もっぱら名画座で二本立てを見、もう一軒の名画座で更に二本立てを見て、帰りには安いラーメンを食べて帰るのだった。

夜は布団に入ってから本を読むのが楽しみだった。しかし、たいていは昼間の疲れでいつの間にか寝入っていて、夜中に気付いて電気を消すことが多かった。こんな生活が続いて三年も経ったころ、彼は咳き込むことが多くなって病院に行ったところ、結核にかかっているとの宣告を受けたのである。

「すぐ入院して治療する必要がある」

と、医師に言われ、会社に話すと、入院が決まった。

それまでに、堀辰雄の小説などで、サナトリウム生活に憧れのようなものを抱いていた彼は、いざ自分がその病気に罹り、果たして治るものなのか、廃人になってしまうのかわからないとなると、不安ばかりが襲ってくるのだった。とりあえず田舎の母親に手紙を書き、心配することはないと伝えた。

兄の隆一が来て療養所に入る手続きなどをしてくれて、雄二は一週間後に郊外にある療養所に入所した。

「まあ、気長に療養するんだな。結核といっても医者の話では軽いらしいから、心配することはない。働きすぎたんだ。医者や療養所の人の言うことをよく聞いて、静養すれば治る」

亡くなった父も、兄も、母も結核に罹ったという話は聞いていないから、それだけが心の支えになった。初期の段階なので薬を飲み、安静にしていれば治るらしい。

療養所の話では安静度は五段階あって、雄二はその一番軽い五だから、自由時間が多く、安静にする時間も午後の二時間ほどで、日光浴や散歩もしたりすることができるのだった。時間は決められているが読書もできるというのが、雄二にとっては嬉しいことだった。看護師は心配して、

「あまり読書に熱中しないようにね」

と注意するくらいのこともある。彼にとっては読書が一番の薬のようであった。何もせずに寝ているのは、今までコマ鼠のように働いてきた彼には退屈で仕方がない。本が読めることは極楽に思える。

若いということは素晴らしい。雄二の体はめきめき回復に向かったのであった。入所して一年も経たずに退所することができたのである。彼は医師たちと看護師たちに見送られて療養所を出た。

ここに入ったときは、下手をすればここで命を終えるかもしれないという不安に押しつぶされそうになったものだった。今明るい太陽のもと外に出てみると、一年近くの月日が嘘のように思われるのだった。

彼はひとまず会社に顔を出して、皆に挨拶した。しかし、彼はもう一度ここで働く気はなかった。療養中に自分の人生を考え、もっと文学や本に接していられるような世界で生きたかった。それは高校時代に読んだ文学やたくさん見た映画の影響が強かったのである。

退所に付き添ってきた兄とともに総務課に行き、退社したい旨申し出た。総務課長は慰留したが、彼の意志の固いことを知って、退職金も出してくれることになった。

「雄二、療養所を出るとき、会社を辞めるって言っていたけど、何か当てはあるのか」

「いや、今は何もないよ。でも、兄さん、何とかなる。心配してくれて有難う。職がなくて、尻尾を巻いて田舎に舞い戻るなんてことはしないから、安心して」

「そうか。わかった。うまくいくのを祈ってるよ。まあ、当座生活していくのに要るだろう。少しだが使ってくれ」

そう言って兄は封筒に入った金を持たせてくれた。役場の吏員《りいん》の安い給料から、手渡してくれたことに、雄二は涙が出た。

「母さんにも心配しないように言って」

「うん、わかった。成功を祈る」

兄はちょっと大げさだったかなと思ったが、雄二の肩をたたいて別れた。

二

雄二は取りあえず住むところを確保しなければならなかった。兄と別れた足で近くに軒を並べている不動産屋の店先を見比べた。どの店も同じようにガラス戸に物件の張り紙がしてある。その中の一軒に入っていった。

「二畳もあればいいんですけど、安い部屋はありませんか」

雄二は店主にそう切り出した。戦前から焼け残った家では、部屋貸しをして、収入の足しにすることがはやっている。二件ほどの物件を見て、雄二は実際の物件に当たってみることにした。

「ここは家の持ち主が勤人で、戦前の家だけどいい建物ですよ」

と、不動産屋の親父が言う家は、大塚仲町の閑静な場所にあった。確かに店主が言うようにいい建物だ。しかし、借りられる部屋の窓の外は、隣の家との高い塀がせまっていて、日当たりが悪い。勤め先が決まれば勤めに出ていて、昼間はいないから、日当たりは関係なさそうだが、やはり暗い部屋は気に入らなかった。そこは止めにして二軒目に行くと、家の主人はいなかったが、細君が応対に出た。家族構成は主人の母親と女の子供が二人の五人だという。主人以外女ばかりなので男の人が来てくれると心強いとも言うのだった。

二畳間ではあるが、そこに決めた。家主の決定権は細君と祖母に任されているらしく、その場で決められた。部屋代も払える額だった。

雄二は寮に預かってもらっていた寝具を取りに戻ると、その足でタクシーに乗せて仮住まいに戻った。夜、勤め先から帰って来た家主の主人に挨拶した。おとなしそうな感じの人だったので雄二はほっとした。

翌日は家主に聞いた区役所に、異動証明書をもらいに行った。そして証明書を持って区の職業安定所に行った。職安は失業者の群れでいっぱいだった。長い時間待って、やっと自分の番になった。格子の窓の向こうから、中年の係の男が眼鏡越しに雄二を見やった。ワイシャツに黒い布の手甲をはめている。

「この書類をなくさないように。二週間後に又来なさい。そのとき二週間分の失業手当が出ます。その間にいろいろなところに行って就職活動をするように」

「はい」

雄二は神妙に答えた。(そうか、失業手当ってのは二週間ごとにもらえるのか。これで当分の間食いつなげそうだ)

彼は知り合いがいないから、就職活動をするにも簡単にはいかないのである。職安にある書類を見ても、彼の希望するような職種はなかなか見つからない。二週間は無為のうちに過ぎた。一回目の手当の支給日に行くと、就職活動をしたかと尋ねられたが、したけれど断られたと答えると、それ以上は訊かれず二週間分の手当がもらえた。

以前もらっていた給料の二週間分には及ばなかったが、これで当座をしのげると、いくらか心が楽になった。帰りに駅の売店で新聞を買い、求人欄を見ると、書店が人を求めているのに見当たった。彼が知っているような有名な書店ではないが、熱意ある青年を求めているというのが気をひいた。

その書店に電話をしてみると、すぐに来なさいと言う。試験でもされるのかと思っていただけに、うまくいけば採用されるかもしれないと目の前が明るくなった。場所は池袋だ。都電に乗れば、池袋へは乗り換えなしで行ける。早速池袋に出向く。ところが、番地が飛んでいてなかなか見つからない。交番で訊くと、駅の西側だった。なるほどきれいな店だ。

彼は本を読むのが好きだし、本棚に並んだ背文字を見るのも好きだ。本がずらりと並んだ棚の間を通って奥に進むと、若い店員と目が合った。

「きみが電話をかけてきた中原雄二くんですか。こっちへどうぞ」

と、奥の小部屋に通された。奥には眼鏡をかけた年配の人がいた。この人が店長なのだろうと彼は思った。その人は雄二が出した履歴書を見ていたが、

「どうして書店を希望したの。印刷所にもいたようだけど」

「はい、高校時代から本を読むことが好きで」

「ほう、でも、本屋だからといって、本を読めるとは限らないよ」

「はあ、でも、本がお客さんに買われるのを見るだけでも嬉しいです」

「本屋ってのは、外で見てるほど楽な仕事じゃないよ。それでもいいの」

「いいです」

彼は必死になって言った。

「では、来週には連絡するから。他にも希望者がいるからね」

と、店長が言った。そう言われたら引き下がるより仕方がない。礼を言って雄二はドアの外に出た。

都電の停留所に向かうと、近くの映画館が呼び込みをスピーカーで流していた。名画座なのだろう、『風と共に去りぬ』である。雄二は以前二度ほど見ているが、このあたりでまだ上映しているところを見ると人気は衰えていないとみえる。

結果を来週まで待たなければならないとなると、映画でも見ていこうかと思った。財布の中は少なかったが、映画でも見ていなければ時間を過ごすのが辛そうなのである。『風と共に去りぬ』を上映している隣の館では、短編の洋画をやっていたので入ってみた。だが、スクリーンは見ているのにうわの空で、どんなストーリーかもわからず、ただ時を過ごしただけだった。

映画館を出ると池袋界隈をぶらっとした。人々が忙しそうに行き来しているのを見ると、自分は何をしているのだろうと思う。果たして今日の面接の結果はどうなるのか。だめなら、又別の求人先を見つけなければならない。

彼は夕方部屋に戻ると、以前買っておいた『放浪記』を読み始めた。主人公は何とも惨めな生活だ。主人公は義父と母に連れられて、木賃宿に泊まり、転々と行商をしてまわっている。小学校は四年間に七度もかわり、親しい友達が一人もできず、十二歳の時、学校をやめて行商をさせられるようになっている。娘をこんな生活にして流れ旅をしている親はひどいと思う。自分はもし子供ができたら、絶対にこんな生活はさせないと思った。夜になったので、近くの中華の店でラーメンを食べて寝た。

翌日も新聞の求人欄で見つけた会社に出かけて行った。とにかく失業手当をもらうには実績を積まなければならない。そのためだから、最初から当てにしていなかったが、大学を出ていないというので門前払いであった。彼は学歴が重要なことを知らされた。それが悔しかった。

それなら、夜学で大学に行って恨みを晴らそうと、近くの大学から書類をとりよせたところ、入学試験を受けるだけで、彼のかつての月収の二か月分もするのだった。

やがて二度目の失業手当の日が来て、職安へ行くと、あまり訊かれもせずに、二週間分の手当が出た。これで又食いつなげるとホッとして部屋に戻ると、先日の書店から採用の知らせが来ていた。手紙には二日後に来るようにと書いてあった。

こうして雄二は中田書店に勤めることになった。

三

書店は十時に店を開くが、その時間にはまだ客は来るわけではない。周りの店は、食堂以外皆十時開店である。食堂は独り者が朝食を食べに来るから八時ころには店を開く。朝から本を買いに来る人はまずいないが、店員は忙しいのである。というのは、朝早くシャッターの外に、その日発売の雑誌や書籍の束が置いておかれる。雑誌や書籍は、作っている出版社から取次店を通して全国の書店に送られる。それらが来るのが朝なのだ。配達されてきた雑誌や書籍の束を荷解きするのが朝の仕事になる。

そのほか、売れ残った雑誌は三か月以内に、書籍は半年以内に取次店に返すのだ。返さないと書店がしょい込む結果になってしまう。これは委託販売だからである。返品作業もばかにならない。印刷所生活で紙の重さは知っているが、荷造りは辛い仕事だった。

荷解きした本は帳簿に記載して、それぞれの棚に収めたり、店先の荷台に広げて目につきやすくする。

始めのうちは雄二はそれらの作業で手いっぱいだった。しかし、しばらくして慣れてくると、書籍の中身をぱらぱらと見るだけで、売れそうかどうかがわかるようになった。

少年雑誌の発売日の午後は、押し寄せる子供たちで忙しい。出版社同士で話し合いができているのか、取次店の意向なのか、少年誌の発売日は月のはじめで、文芸誌は何日と決められていたので、忙しさがかち合うことはなかった。少年誌の発売日と、芸能雑誌の発売日は子供たちと十代の少女たちで賑やかになった。芸能雑誌には当時の人気歌手や俳優の写真やゴシップ記事が載っているのだ。

少年誌は雄二の子供のころのものとは随分違っていて、文章よりは絵が多いようだった。

店には雄二のほかに三人の店員がいる。二人は会計の係、もう一人は経理を担当していた。

雄二はいつの間にか、書棚の整理や、万引きされないように見張りをするようになった。三か月もすると、彼はどこにどんな本があるか、ほとんど熟知するようになって、客の問い合わせにも的確に案内できるようになっていた。

店長も雄二の能力に信頼を置くようになっていた。

雄二は他の仲間のように、無駄遣いをしなかったので、少しずつだが貯金できていた。彼は誰にも邪魔をされない住まいが欲しかった。今の間借り生活では自由がないのである。夜、お茶を飲みたいと思っても、台所の水で我慢しなければならないのは辛かった。朝の洗面も家の人の空いた時間を見計らわなければならないのは苦痛であった。

たまたま都電の停留所に行く途中に、それほど新しくない二階建てのアパートを見つけた。こじんまりしたアパートだが、一部屋開いているようだ。大家に会うと品のいい年寄りで、雄二を気に入ってくれた。大家は葉山といい、その名から一字を取って青葉荘といい、雄二は空いていた四畳半を借りることになった。便所と水場は共同だが、住人はそれほど多くないから我慢できるだろう。部屋代は雄二の収入には少しきつかったが、自由が欲しかった。これでやっと上京して初めて、自分の個室を持てることになったのだった。

店を退《ひ》けて部屋に戻るのは十時半ころだったが、今度は読書に熱中した。新刊本は買えないので、古書店で買ってきた『罪と罰』や『チボー家の人々』に感動した。日本の作家では感じられないものだった。気が付くと窓の外が白み始めているのに気が付くこともしばしばだった。

高校時代には読まなかったアメリカ文学にも興味がわいた。最初にヘミングウェイの作品を読んだのがよかった。『陽はまた昇る』『武器よさらば』『老人と海』などが心に響いた。スタインベックの『怒りの葡萄』、コールドウェルの『タバコ・ロード』などを次々に読んで感銘をうけた。

そのうちに、翻訳でない原書で読みたい望みがふつふつと湧いて来た。高校時代から英語は好きな科目だった。しかし、そのためには英語をマスターしなければならない。どうしたらいいのか、悩んでいると、街中に英会話学校が目につくようになった。東京オリンピックが近づいているせいだった。それらが彼を招いているように思われた。だが、勤めていて学校に通えるような時間はないのである。

いろいろ考えた末、ラジオの英会話講座で勉強することに気付いた。貯金を下ろして、携帯ラジオを買った。カセットテープで録音できるので、部屋に帰ってから録音したものを何度も聞く。基礎講座から聞き始めたが、それは彼を異国にいざなうのであった。通勤の都電の中でも、都電を待つ停留所でも、彼は習った文章をそらんじた。又、目に入るものすべてを英語で言ってみたりした。語学力がぐんぐん伸びていくのが、自分でもわかるようになった。ラジオの講座ではシニア・クラスを聞くようになっていた。

英会話能力が付いたと実感できることが起きた。アメリカ人らしい客が店に入ってきて、本を探しているのに彼が声をかけたのだ。すると、相手はにっこりして、

「今日は英語が通じる人に会えてほっとしたよ。ユーの英語はどこで学んだのだ」

「そう言っていただけて嬉しいです」

そんなことから、この外人が、大学に講師として来たてのアメリカ人だとわかった。以後、彼は本を求めによく来るようになった。

店では雄二が英語をしゃべって、外人に本を売ったというので、皆を驚かせた。店長も驚いて雄二を見る目が変わったようだった。

この外人はジャック・モリソンといい、一年後にアメリカに帰ってからも、雄二は彼と文通するようになった。

原書で読みたいという希望から、休みの日に彼は英文のやさしそうなペーパーバック

スを近くの古書店で買って読んでみた。ウィリアム・フォークナーは翻訳本で読んでも難しそうで、敬遠した。コールドウェルの短編集が英文ではやさしいとわかった。夜、机に向かって、原書を辞書を引きながら読み進むのは楽しかった。

古書店では彼が行くと、店主が

「コールドウェルのいい本が入りましたよ」

と案内してくれるようにまでなっていた。

彼は自分でもそういう店員にならなければと心に決めた。そして彼はそれを店で実行した。

店では客が探している本を、的確に教えるので、いつの間にか客の信頼を得ていた。これは店の売り上げに結びついて、店長からの信頼は大きくなっていった。

三年ほどしたころ、彼は支店の次長になっていた。仕事上では店長に訊くより、次長の彼のほうが訊きやすいとあって、身の上相談まで受けるようになっていたのだ。それには、たまたま彼が盲腸の手術で入院した病院で、結核療養のとき世話になった看護師との出会いもあって、私生活でも充実した生活を送り始めていたこともあったろう。

更に一年すると、中田書店は売り上げを伸ばし、新しい支店を出すことになって、店長に彼は指名された。都内に支店は何軒かあったが、新しい支店の場所は、私鉄の駅近くだが、近くに学校があるわけでもなく、学生が大勢立ち寄ることは考えられないのだった。果たしてこの場所で本が売れるのだろうか。雄二は誰もが考えるように、書店が新しくできたことを知らせるのが第一歩だと考えた。

新聞の配達所に出かけて行って、開店の折込チラシを入れてもらったり、駅の告知板にも出した。その効果か、いくらか客が来るようになった。彼は客層から文庫本が売れるのではないかと考え、文庫本を多く仕入れるようにした。彼はどこにどんな本があるか頭に入っているから、客が来てくれれば彼の力で本は売れた。

「さすが店長ですね。何がどこにあるか、一発で当てるんですから」

と、若い店員が感心したが、

「君たちだってちょっと努力すれば、それくらいのことはできる。毎日の努力あるのみだよ」

と彼は笑った。時代は読書人口が増えるときでもあった。業績が認められて、彼は会社の役員に抜擢された。

四

足原高校の同窓会の日が近づいてきた。同窓会はここのところ三年おきに開かれていて、雄二は出たり出なかったりで過ぎてきた。仕事で出られなかったことが多い。今回はうまく日取りができ、場所も今までは高坂市内の旅館などが多かったが、今回は会場が伊香保温泉に一泊ということで出ることにしたのだった。みんな中年に差し掛かって、社会の中堅になっている者が多いから、こうした温泉旅館が選ばれたのだろうと雄二は思った。

伊香保温泉は階段が中央を貫き、両側に温泉旅館などが軒を連ねている。その真ん中辺りに会場となる旅館があった。雄二は以前二度ほど来たことがある。

入り口には幹事の者が三人ほどで受付をしていた。

「おう、久し振り。よく来てくれた」

「いや、幹事さん、面倒かけてすまないね」

「今日は恩師も四人招いている。楽しみにしてくれよ」

「そう。じゃあ、後でゆっくり」

雄二は幹事の労をねぎらって中に入った。待合室にはもう二十人ほどが待機してざわついている。その中の何人かが雄二を見つけると、

「中原、久しぶりじゃないか。よく来たな。前回は来なかっただろ。元気で何よりだ」

「まあ、何かと忙しくてね」

ざわついている待合室に幹事の声が響いて、一同は割りふられた部屋に散っていった。雄二の部屋は六人で、中に皆川辰夫がいた。皆川は雄二と特に仲が良かった。高校のころともに工作が好きで、模型のヨットを作って川に浮かべたりして楽しむかと思うと、模型飛行機を作って飛ばしたりした。彼の家は高坂市に近く、材木屋をしていたので、木を使うことが好きだったのかもしれない。

「宴会が終わったら、寝ながらゆっくり話そうや」

そう言って、二人は大浴場に向かった。大浴場はみんなでごった返していた。みんながそれぞれに話すので、次第に大声になる。わんわんと響いて、一般客は湯に浸っていることはできなかったろう。

雄二は久しぶりの温泉にくつろぐことができた。

宴会は大広間で開かれた。幹事の司会で恩師の近況などが話された。皆老後を過ごし

ていて、好々爺といった感じだが、農業をしている恩師がこんなことを言って笑わせた。

「わたしは今は農業をしているが、コメは作らないとお金がもらえる。まことに不思議な世の中だと思うんです」

減反政策なのだろう。雄二も政府のやり方には呆れている。

その恩師が雄二のことを覚えてくれていた。

「きみはいつか漢文の時間に、宿題で十八史略の解釈を出したとき、小説みたいに書いてきたことがあったね」

「はあ、そうでしたね。ただの解釈ではつまらないと思ったもんですから」

「きみは将来作家になるんじゃないかと思ったよ」

「いや、そう買いかぶられては恥ずかしいです。今は本を売る仕事をしているサラリーマンです」

「そうか、作家の書いたものを売るほうか。いや、結構けっこう」

雄二は酒は飲めないが、和気あいあいのこういう会は好きであった。あちらでもこちらでも、塊になって、昔の思い出話に花を咲かせている。高校時代はぱっとしなかった奴が、意外にも社会では成功していたりするのも面白かった。

遅くになって宴会が終わり、それぞれの部屋に戻ると、さっさと布団に入って寝入ってしまう者と、寝床で話をしている者とがいて、雄二と皆川辰夫は寝床で話をしている組だった。

「おれは今本屋勤めをしているけど、きみは今事業のほうはうまくいってるんだろう」

雄二は皆川の今を知りたかった。皆川は親の跡を継いで事業を広げていると誰かから聞いたことがある。

「まあ、大したことはないよ。親父が亡くなって急に跡を継いだ当初は、どうしたらいいか参ったが、幸いにも住宅ブームが来たおかげで、今では県外にも仕事をもらえるようになってる。まあ、何とか回ってるよ」

「それは凄い。苦労したんだなあ。おれなんか苦労らしい苦労をしていないから、だめなんだ」

「そんなことはないさ。みんな苦労してるよ。ところで、まだ工作は続けているんかい」

「いいや、模型を作りたいにも、模型キットなんか売ってない、最近は」

「おれも作りたいけど時間がない。店のほうを息子に譲ってから、ゆっくりキットで楽しみたいな」

今の皆川は同級生の中でも五指に入る成功者と言えるだろうに、謙虚で決して偉ぶる様子がなかった。そんなところがいかにも彼らしくて好ましいのだった。

二人は夜遅くまで昔を懐かしんだ。

六

翌朝、雄二たちが朝食を取っていると、皆川が雄二のところへ来て、

「今日、用があるんかい。なければ、うちに寄ってかないかい」

と、誘った。

「車で来てるから、一緒にどうだい」

「有難う。君んちに行くのは久しぶりだね」

「支度終えたら、旅館の駐車場で待ってる。ブルーの車はおれのだけだから」

「わかった。すぐ行くよ」

雄二は以前彼の家に行ったことがある。木材を扱っているというから、粋で怖そうな親父さんかと想像していたが、案に相違して優しい感じの父親だった。

車の中で皆川はハンドルを握りながら、

「あれから何年になるかなあ」

「高校の二年だったから、三十年近くなるんじゃないかい。あの時初めて会ったんだが、いい親父さんだったな」

「そうだな。仕事にまじめでな。あれからもうそんなになるのか。ここのところ仕事に追われて、時間のたつのが速くて」

「それだけ商売がうまく回ってるってことで、いいことじゃないか」

「暇なときは辛いからなあ」

皆川のひと言で、雄二にも仕事の厳しさが感じられた。

窓の外に新しい工場の建物がいくつも見られた。今までにあまり見られなかったもので、この辺りも工業地帯に組み込まれているようであった。

小さな商店街を抜けて、大きな家の門を入り、車が停まった。前に来たときとはまるで違っているのに雄二は驚いた。車から降りた皆川は、

「まあ、入ってよ」

驚いている雄二を、何事もないようにしゃれた玄関に招じ入れた。

「凄いじゃないか」

雄二はそう言って応接間に入って、ソファーに腰を下ろした。奥から中年の女性が出てきた。

「これ、女房です。こちら足原高校の同級生の中原雄二くん」

「いつも主人がお世話になっています」

奥さんは挨拶をすると、すぐに引っ込み、お茶を淹れてきた。

「おれたち、よく模型の船やら、飛行機を作って遊んだんだ。あんまり勉強しなかったけど、中原はよくできた。クラスで何番と言われた。おれは下からだったけどな」

「そんなことはないですよ、奥さん。彼は勉強しなくてもできたもの」

高校時代の話をしていると、友人たちの話になった。すると、奥さんが高校時代の友人の名前を挙げた。よく知っていると感心していると、皆川が説明してくれた。

「ああ、みんな足原女学校出と結婚してるんだ。女房と同期が多いんだ」

「なるほど」

そうか。この地方では旧制足原中学出はエリートなんだ。今では知らないが。それで、足原女学校出の女性とは結びついているのだ。

そのとき、雄二はふっと思いついたのだった。それなら、奥さんと同年代の山室奈津子のことを知っているのではないか。

「奥さん、山室奈津子という人をご存じないですか。西井田から通っていたんですが」

「さあ、わたしは西毛電鉄の反対方向から通っていたので、西井田方向となると、あまり知りません」

「そんなら、おまえ、同窓生名簿があっただろ。あれ持って来れば」

と、皆川が奥さんに言ってくれたので、名簿を見ることになった。奥さんが持ってきてくれた名簿の昭和二十六年卒のところを見ると、大沢（旧姓・山室）奈津子という名が見つかった。住所とM大卒と学歴も出ている。早速それらを写し取った。

「なんだ、おまえ、高校時代に付き合ってたのか。早熟だったんだな」

「まあな。しかし、清い交際だったんだ」

雄二は奈津子と川村牧場に行ったときのことを思い出して言った。

「交際しているのが何人かいて、そいつらはみんな脂ぎっているというか、異常だったのを覚えている。でも、おまえは何ら変わっていなかったから、わからなかった」

「遠い昔の話さ」

皆川に食事をして行けと誘われたが、辞退して雄二は帰ることにした。皆川が高坂の駅まで車で送ってくれた。

成功している友を知るのは嬉しいことだが、中には消息不明の者もいる。噂では一時期羽振りがよかったのに、いつのころからか借金まみれになって、ついに姿を消したなどという話を聞くとやりきれない思いがするのだ。

東京への帰りの列車の中で、雄二は皆川の成功を心から喜んだのであった。

七

雄二は東京に戻ると、早速奈津子に手紙を書いた。

「突然の手紙で失礼します。中原雄二です。覚えていらっしゃいますか。

その節は突然お別れして申し訳ありませんでした。ずっとあなたのことを気にかけていたのですが、ご住所がわからず今日になってしまいました。ご連絡取れたら、その時のお詫びをしなければとずっと思い続けていました。

昨日足原高校の同窓会があって、会った友人の奥さんが足原女学校の卒業生であったところから、名簿であなたのご住所を知りました。

一度お会いして、長のご無沙汰とご無礼をお詫びしたいと思ってこの手紙を書きました。もしお気が向かなければ無視して結構です。

ぼくは現在本屋で働いています」


雄二はそこまで書いて、奈津子が返事をくれるかどうか自信はなかったが、とにかく投函した。

この気持ちはあの高校三年のときのラブレターを渡したときと似ていた。

数日して奈津子から返事が届いた。見覚えのある筆跡であった。

「お懐かしゅうございます。かつての楽しかったことどもが思い出され、しばらくぼーっとしておりました。わたしも年を取りまして、いろいろな人生を経験いたしました。雄さんは本屋さんにお勤めとのこと、よろしかったですね。

現在わたしは私立の高校で国語を教えております。お会いしていろいろお話しできるのを楽しみにしております。日曜日なら時間が取れますので、場所を指定してくだされば出向いてまいります」

奈津子が目黒区に住んでいるので、雄二は目黒駅で会うことにした。

当日、奈津子は明るいブルーのツーピース姿でやってきた。いろいろな姿を想像していたが、上品な感じはやっぱり奈津子だと好ましく思われた。

「お待ちになりましたか」

という言葉も、忠魂碑で会ったときと同じだと思った。今目の前にいる奈津子と、高校二年生のときのあの奈津子が重なっている。

「あのビルの七階に落ち着けるレストランがあるんですが、いいですか」

奈津子はこっくりうなずいて雄二に従う。

レストランは客もまだ少なく、二人は窓際の席を取った。窓から目黒の市街が一望された。

「ご家族はお元気ですか」

奈津子が訊いた。それは婉曲に最近の雄二の生活状況を尋ねたものに違いない。

「田舎の兄は元気でいます。母は亡くなりました。ぼくがあなたに謝らなくてはならないのは、あのとき、家庭の事情でと言ったのは、母が交際をやめるように強要したからなんです。あの頃はぼくには生活力がなかったから、従うしかなかった。その母は亡くなりました。その後ぼくは先生のつてで広告代理店に勤めましたが、一年もしないで会社が潰れ、次に勤めた印刷会社で結核になってしまった。でも、割合軽かったので、一年足らずで療養所生活から抜け出ることができました。それからは今の本屋に勤めているんですが、そこでまた盲腸を病んで手術した病院で、療養所で世話になった看護師さんと出会ったのです。それが今の妻です。今、ぼくは妻との二人暮らしです。息子は商事会社で大阪に転勤で行っています」

「そうでしたか。それは大変なご苦労をなさったんですね。そこへいくと、わたしなんかは楽な人生を送ってきました。父がいましたから、大学へも行かせてもらえましたし、文学部でしたので、高校の教師にもなれました」

「結婚はなさっているんでしょう」

「しています。彼も教師です。雄さんのことは彼に話しています。今日もお目にかかりたいと言っていたのですが、連休なので山岳会のお仲間との約束で出掛けて行ったので来られませんでした」

「そうですか。それは残念です。お子さんは」

「娘と息子がいます」

「お子さんはご一緒で」

「いいえ。娘はアメリカのコロンビア大学に行っています。息子はやはり教師で」

「そうですか。ぼくは東京オリンピックの時に、英会話を学び、アメリカのカリフォルニア大学の教授ジャック・モリソンと友人になりました。それで、アメリカ文学を原書で読みたくて、ラジオの講座で勉強したので、いくらかわかるようになりました。今ではジャックと文通しています」

「そうですか。ご努力なさったんですね。わたしなんかは、のんびり過ごしてきただけです。雄さんみたいな努力は少しもしていないんです」

「そんなことはありませんよ。高校時代にやってらしたテニスのほうはどうですか」

「まあ、褒められると言ったら、それくらいですか。わたし、学校でテニス部の顧問というか、監督というか、そんなことをしていて、指導した子たちが、高校の全国大会で二年連続で準優勝しました。嬉しかったですねえ」

「それは素晴らしい。ご自分で勝つより、今の子供たちを指導するほうがよっぽど大変でしょうから」

「そうですね。わたしたちのころとは違いますから」

「お母さまはご健在で」

「はあ、元気です。足腰は弱くなっていますが。疎開した紅沢村は父の郷でした。それで母はあまり溶け込めなかったようで、東京の生活が恋しかったと言っておりました。今でも当時のことを話題にします。わたしが雄さんとお付き合いしているのも知っていたと申しておりました。でも、自分の娘は人に恥じることはしないと信じていたそうです。雄さんのことを一度も話したことはないのですが、きっといい人だと信じていたと言っておりました。雄さんのことはお手紙で知ったのかもしれません。でも、母親の眼力というのは凄いものですね」

「そうですか。有難いお言葉です。うちの母とは大違いです」

「あら、そういう意味ではありません。しかし、雄さんに連れていっていただいた、あの山川牧場の楽しかった思い出は忘れることができません」

「ああ、それはぼくも同じです。牛乳も美味しかった」

「あんなにおいしかった牛乳は、後にも先にも飲んだことがありません」

「そうでした。それから、後にあなたから頂いた長瀞《ながとろ》土産のインク・スタンド。あれも忘れることができません。でも、ぼくが転職したり、療養所に入ったりと転々とした間に紛失してしまいました。申し訳ありません。思い出の品だったのに」

「雄さんの苦しい人生の中では思い続けていただけただけで嬉しいです」

雄二は奈津子がそう言ってくれたので、長年わだかまっていた心の重荷を下ろせたような気がした。やはり、奈津子は昔と変わらない心の持ち主だと思った。

「今日はお会いできて本当に嬉しかった。ぼくもどうやら社会の片隅で生きてこられたし、あなたも立派に仕事をなさっているのがわかったし。これからも健康に留意して、いい人生を送りましょう」

「かつての雄さんと少しも変わらずまじめで、お元気で活躍なさっているのがわかって嬉しかったです」

二人は互いの現在の姿に心を満たされてレストランを出た。会計は雄二が済ませた。奈津子が払うと言ったが、雄二が言い張って雄二が払ったのである。奈津子は雄二の言うことに素直に従った。別れ際に、

「奥様にもよろしくお伝えくださいましね」

と、奈津子は言った。雄二も、

「お母さまによろしくお伝えください。そして、いつまでもお元気でいらっしゃるように」

二人は目黒駅のホームで別れた。奈津子は私鉄の駅に向かい、雄二は新宿に向かう電車に乗った。

奈津子は電車に乗ってからも心が温められているのを感じ、危うく乗り過ごしそうになった。

雄二も奈津子の姿がいつまでも目に焼き付いていた。


（完）

宮崎先生のこと

一

わたしが那須の温泉宿で開催された、西長沼高校の同窓会に出席したのは、還暦を迎えた年である。それまでに三年毎に同窓会は開かれていたが、還暦を迎えての会は出席者の誰にとっても、ひとしおの感慨があった。

恩師も五人ほど招き、会は盛会であった。在学中の顔とは違って、もう年寄り顔の者もいて、恩師と見まがうような者もいる。幹事役が一応の挨拶をし、恩師の一人一人が感慨を述べると、会は無礼講になった。

恩師も人気のある人とない人があるのは仕方のないところで、大勢の元生徒に囲まれて話が盛んになっている恩師もいれば、一人か二人の元生徒と静かに話している恩師もいる。宮崎民雄先生はそのほうであった。宮崎先生は国漢の担当で、しゃべり方が少し変わっているので、生徒からよくからかわれたのだった。当時は敗戦後の物の払底していた時代であったから、だぶだぶのズボンを履いていたせいもあったかもしれない。ズボンのせいなのか、歩き方も心もとないように見え、それも生徒たちのからかいの対象になっていた。

「わかりましたかな諸君」というのが癖で、生徒たちにからかわれると、顔を赤くして余計しゃべり方が子供っぽくなるので、悪童どもはわざとからかったりした。

宮崎先生は茨城の出身で、戦争中は学徒動員で軍隊に召集され、中国戦線に行かされた。戦後復員して、たまたま知り合いのつてで旧制の埼玉県立西長沼中学に教員として赴任して来たのだった。当時は西長沼中学には東京などから疎開して来て、そのまま帰らないでいる生徒が大勢いた。わたしもその中の一人だった。

わたしは敗戦間近に、東京から母の実家のある坂出町に疎開してきて、父を失ったので東京へ戻ることもかなわず、中学が新制の高校になって卒業まで坂出町に居ついたのだった。

学校までは町から電車で三十分ほどで、戦後落ち着いてくると、宮崎先生とわたしは同じ坂出町に住んでいることがわかった。時には同じ電車に乗り合わせることがあって、他の生徒は先生からはなるべく離れていたが、わたしは何となく挨拶したので、話すことがあったのである。いつだったか、先生がわたしの趣味について訊かれたので、

「将棋が好きです、うまくはありませんが」

と、答えると、

「ほほう、そうですか。今度うちに将棋を指しに来なさい」

と、家の場所を教えてくれたのであった。

夏休みになったある日、わたしは先生の家を訪ねた。先生の家は町の目抜き通りを少し入ったところの瀟洒《しょうしゃ》な平屋建ての家であった。

「おお、よく来たね。待っていたよ」

先生は赤ん坊を抱いてわたしに中に入るよう促すのだった。その姿を見ると、結婚してからまだ間がないように思われた。学校での噂では、宮崎先生は西長沼中学には知人の紹介で赴任してきて、ほかには知り合いがいなくて、その人の紹介で土地の女性と結婚したのだという。女性は一人娘だったので、婿入りという形になったらしい。奥さんになった人は町の裁縫学校の先生だったから、教師同士ということで、話がまとまりやすかったのだろう。

風通しのいい奥座敷にはもう将棋盤が置かれている。四隅に脚がついた分厚い盤で、かなり高価なものと思われた。用意された座布団に座る。わたしはこんな立派な盤で将棋を指したことはないので、先生に素晴らしい盤ですねと言った。

「それほどではないけど、これは天童へ行ったとき求めたものだよ」

わたしは将棋の聖地みたいな天童を知っていたから、かなり高価なものに違いないと思った。

対座すると間もなく奥さんがお茶と和菓子を出してくれて、先生から赤ん坊を引き取って行かれた。

「それじゃあ先手でお願いします」

と、わたしは言って駒を進めた。

「きみは将棋をどこで習ったの」

「兄が好きで、戦前の新聞の将棋欄を切り抜いていたので、それを見たりして」

「ほほう。どんな棋士の棋譜が多かったの」

「土居市太郎とか渡辺東一なんて棋士が多かったと思います。中飛車とか、棒銀、石田櫓なんてのも新聞で知りました」

「それは凄いね。あっ、王手金取りか。これは参った」

中盤でわたしのほうが優勢で、間もなく勝ってしまった。

「きみは強いな。筋がいい」

「いえ、まぐれです。初めてなので先生は手心を」

わたしは謙遜して言った。高校生のわたしでも、それくらいのことは言えた。その後三番ほど指したが、一回しか負けなかった。

「いや、きみは強いね。今度はかたき討ちをしたい。都合のいいとき又来て教えてくれたまえ」

先生は互いの実力を知ったのに違いない。先生は下手の横好きというやつで、その後二度ほど誘われたが、勝負はいつもわたしの優勢であった。

わたしは進学を諦め就職組に入っていたから、その後は先生の授業は受ける機会がなかった。そして、わたしは東京に出た。いや、疎開で坂出町に来たのだったから、東京に戻ったと言うべきだろう。東京には中学のときの友人がいたが、みんなそれぞれ大学に進学していたので、忙しく働かされていてわたしは友人と会うことはないのだった。

二

戦争で散り散りになった友は住所もわからない。しばらくして、旧住所の辺りを歩いていると、小学校のときの同級生と巡り合うことができた。元々が東京育ちなので、しばらくすると、もう西長沼高校の友達とは連絡さえしなくなっていた。

わたしは上京してから、苦難の道を歩いていて、住所も何度も変えていた。特に親しかった友とは引っ越しの度に連絡は取っていたが、大半の友人とは音信不通の状態だった。二十年もしたころ、やっと落ち着くことができて、少しの友人と連絡を取るようになった。その友人の一人が知らせたのかもしれない。西長沼高校の同期会から同期会を開催するという連絡が来た。

久しぶりに出てみようという気持ちになったのは、わたしが何をしているかと訊かれても、それほど恥じることがないと思ったからだった。別に悪いことをしていたと言うのではない。まともな職業に就いていなくて、今でいうアルバイトのようなことを転々としていたからだ。皆はそれぞれ立派な会社に勤めていたり、公務員になったりと、まともな生活をしているに違いない。そう思うと、どうしても会う気がしなかったのである。

でも、今は違う。一応世間に名の知れた商事会社で係長になっていたので、引け目は感じない。

こうして、何回かの同期会に出席したが、三年とか五年ごとの会では大して話に新鮮味がなく、自然わたしは出たり出なかったりを繰り返し、とうとう還暦を迎えた同期会になったのであった。

わたしが寂しそうに杯を口にしている宮崎先生に近づくと、

「おお、きみか。久し振りだな。名前がすぐ出てこんで、すまない」

と、先生が言った。わたしは、

「大変お世話になった南村です。坂出町に疎開して住んでいました。先生のお宅にまでお邪魔して」

「おお、南村くんだった。きみが宅へ来て、将棋を指したのはよく覚えている。きみは強かったな。まだ将棋のほうは指してるのかね」

「はあ、会社に娯楽施設があったものですから、昼休みには同僚と指していました。まあ、団栗《どんぐり》の背比べみたいなものでしたが」

「会社のほうはまだ続けているのかね」

「いいえ、もう退職しました」

「そう、それなら今度家のほうにいらっしゃい。坂出町からは長沼市の隣町に引っ越したから、東京からは幾らか近くなったよ」
「はい、有難うございます。ぜひお伺いさせていただきます」

夏のある日、わたしは先生からもらった地図を頼りに、先生の家にお邪魔した。坂出町の家は格式があったが、やや暗い感じがしたものだった。しかし、今度の家は畑が広がる中に少しばかり小高い丘があって、そこに数軒の家が建っているという田園風景の中の一軒なのであった。

垣根の一角に玄関口があり、インターホンを押すと、応答があって、奥様が出て見えた。

「あら、遠いところをよくお出でくださいました。主人がお待ちしておりました」

わたしは奥様に案内されながら、

「素晴らしいお宅ですね。いつこちらへ」

と尋ねずにはいられなかった。そこへ先生が出てこられて、

「やあ、よく来てくれたね。すぐわかったかね」

「正確な地図で、何も問題がありませんでした。先生、いつこちらへおいでになったの

ですか」

「そう、十年になるかね」

そう言って通された座敷の縁側の先に、白砂の庭が広がっていて、岩が一つ。白砂はきれいに熊手のはいた筋目がきれいについているのであった。そして庭の先には普通の塀などではなく、上に瓦を置いた白壁が庭を囲んでいる。わたしは非常な感動を覚えた。京都の石庭を模したのであろうか。

「先生、素晴らしいですね。まるで京都へ来たみたいです」

「いやあ、これを造りたいがために、この地に転居したというわけなんだ」

「それにしても素晴らしい」

わたしが感嘆していると、

「白い土塀の向こうに山が見えないのが欠点でね。借景ができない」

わたしは先生にこんな趣味があるとは知らなかった。教室で先生の動作や話し方を笑った悪童たちが、先生のこういう一面を知ったら仰天しただろう。

「お粗末なものをお見せした。それでは、一局お願いしようかね」

わたしは土産物をお渡しして、もう座敷に用意されている将棋盤に向かい合った。

「いやあ、この地方には相手になる人がいなくてね。一人年寄りがいるんだが、この人は強すぎて歯が立たん。しかし、定跡だのとは無縁で、あまり勉強にならんのです。力将棋ってやつでね」

「先生は退職なさってもう何年になられますか」

「わたしは、西長沼高校の次は大宮に近いほう、熊谷に近いほうと転勤して、最後はこの地に戻ってきたんですよ。退職して十年にはなりますか。まあ、西長沼高校のときが一番楽しかったねえ」

先生はそう言われた。悪童どもがあんなに先生をおちょくったのにも拘らず、先生はそう言うのだ。意外であった。

わたしは将棋盤に向かって一手一手指しながら、先生の話を聞いた。学徒動員で中国大陸に行ったこと。そこで見た景色の雄大さ。こんなところで戦争をしていいのかと疑問に思ったこと。幸い実戦には遭遇しなかったこと。すぐ敗戦になって復員してきたことなど、わたしが知らないことを聞いた。先生は漢文の授業も受け持っておられたから、実際の中国で随分新しい知識を得られたことだろうと思った。

わたしはアメリカ文学を学んだ。そして、初めてアメリカ大陸を訪れたとき、ひどく感動したことを思い出した。文字や写真で得たものと実際に感じるものとは大きな違いがある。

その日は六、七局指して先生は二局しか勝てず、対局を終えた。夕方になって、先生が夕食を食べて行くようにと言われたが、わたしはほかに用事があるのでと嘘をついて先生のお宅を辞した。

「又、指したい。今度はぜひゆっくり泊りがけでいらっしゃい」

別れ際に先生にそう言われては断ることはできなかった。

そのころわたしは文芸書の出版社が出している作家別写真集を購入していた。最近の写真集は詩人の萩原朔太郎のもので、巻末に資料提供者として宮崎民雄という名が載っていた。先生と同姓同名の人なのだろうか気になって、すぐ電話をすると、先生は、

「おお、きみも朔太郎に興味があったのか」

と、嬉しそうに言い、先生に間違いないと言われた。わたしは高校時代の先生との意外性にまた驚かされたのだった。

ひと月遅れの田舎のお盆休みに、わたしは又先生を訪れた。どうしても泊まっていきなさいという先生の勧めで、お言葉に甘えることにした。将棋の対局の後、先生は書斎

から萩原朔太郎関連の書類や原稿を出してきて、いろいろ説明された。わたしはどちらかというと、詩には疎く小説に熱中していたから、ただ先生の言われることを聞くだけだった。

「先生はどうしてこんなに朔太郎のなま原稿をお持ちなんですか」

と、わたしは訊いた。

「大学のころ朔太郎の詩に共感して詩集などを集め始めた。古書店に行ってね。わたしが熱心に朔太郎関連の書物を買うものだから、店主が教えてくれるようになった。朔太郎のなま原稿が入ったよってね」

わたしもそれに近い経験があった。夜の大学で学んでいたころ、わたしはアメリカの作家、アースキン・コールドウェルの作品ばかりを集めていた。すると、古書店主がコールドウェル関連の本を教えてくれるようになったのだ。

その夜は、布団を並べて寝ながら、先生からいつまでも話を聞いたのだった。

三

しばらくして、わたしは西長沼高校の同期生から手紙をもらった。普段そんなに親しくない友が、封書をくれたので、何だろうと開けてみた。また、何かの宣伝かと思いながら中を見ると、『毎朝新聞の埼玉版』の切り抜きが入っている。赤線で囲ったところに、「元教員、大手柄」と見出しがある。記事は「ＪＲ北本宿の駅で、乗客同士のトラブルの仲裁に入った70代の男性に、片方の30代の男がナイフを振りかざして襲い掛かった。ところが、次の瞬間その男は投げ飛ばされていた。投げ飛ばしたのは元高校の教師、宮崎民雄さんで、投げ飛ばされた男は、空き巣と強盗で指名手配されていた大野木和治郎（35）だったので、駆けつけた巡査に即逮捕された」そして宮崎さん談として「わたしは以前、合気道を習っていたので、受けに働いたのでしょう」とあった。

わたしは宮崎先生が合気道をしていたとは知らなかったので驚いてしまった。わたしは以前、合気道という武術のようなものがあるのを聞いたことがある。柔道とも違い、体の大小に関係なく力を発揮するのである。相手の力を利用して勝ってしまうという。

わたしは早速先生に電話した。

「先生、新聞を読みました。すごいですね」

と言うと、先生は、

「あれ、新聞を読んだの。埼玉版だから、きみの目には止まらないと思ったんだが」

「友人が送ってくれました。先生の隠れた才能にびっくりしています」

「ははは、隠れた才能かい。若いころの鍛錬がちょっと役に立ったというわけさ」

先生はそう言って笑った。照れ笑いをされている様子がわかった。いかにも先生らしかった。

「最近将棋の定跡を表わした古書を見つけて手に入れた。今勉強しているから、今度来た時はそう簡単には負けないぞ。心していらっしゃい」

「先生、返り討ちということもありますよ」

わたしは減らず口を叩いた。近く又先生をお訪ねして昔の思い出を語り合うことになりそうだ。


（完）

貧しさからの脱出は

一

夏の終わりの高坂市の道はまだ暑さを蓄えていて、吉本秀史は汗をふきふき美術展の会場へ歩いて行った。会場は高坂市役所に隣接する展覧会場で、美術展に高校時代の同級生小関寅雄が出品しているのだった。小関からの招待状をもらい、遅い夏休みを取って足原市に住む兄一家への帰省かたがた、美術展に立ち寄ろうとしているのだった。

小関寅雄は高校卒業後、美術学校に進み、卒業後は美術の専門学校の講師をしながら、絵画一筋の生活で、今では日展の特選も取り、将来を嘱望されているのだった。

「意欲的作品だからぜひ見てほしい」

と、小関は電話もしてきた。

吉本と小関は高坂市から少し西に入った足原市の足原高校で共に学んだ仲だ。高校時代はともに青雲の志を抱いて東京に出た。進む道は異なっていたが、どこか気持ちが通じるものがあって展覧会に誘われると、東京で開催される展覧会は殆ど毎回見に行っていたのだ。そのせいもあって今回も誘われてやって来たのだった。

吉本が会場に入ろうとしたとき、市役所から出てきた男に声をかけられた。

「おお、吉本じゃねえか。久し振りだな。市役所に用か」

見るとそれはやはり足原高校同期の富田理道であった。富田とは四年に一度の同期会で会っているから、目ざとく見つけたのであろう。

「おお、富田か。おれは市役所じゃねえ。美術展に来たんだ」

「へえ、そんな趣味があったんか」

「同級生の小関、覚えてるだろ。彼の作品が展示されているんだ」

「ほう、それは知らなんだ。もう用事が済んだから、じゃあ、おれも見ていくか」

「市役所に用事とは何だ」

「こっちに子会社を作るんでな。いろいろ届けが必要なんだ」

そんなことを話しながら、二人は展覧会場に入って行った。

会場はだだっ広く、受付に中年の女性が一人ぽつねんと座っていた。見学者は三人ほどで、がらんとした会場が寂しく見える。壁に大きな絵が何点も飾られているのを、二人は眺めて行く。

山を描いた小関の絵があった。紺色の山肌の手前に家々が箱庭のように描かれ、山の大きさを際立たせている。

「小関の絵な、山の手前にある家の描き方が、ちょっと雑なんじゃねえか」

なるほど、そういう見方もあるのかと吉本は思った。

一通り見終えると富田が言った。

「こんな絵は幾らぐらいするんだ」

「知らん。ここは画商の店じゃないから、値段はわからんよ」

「しかしな、こんなでかい絵を飾れる家なんてそうはないぜ」

それが彼の感想であった。

「久し振りに会ったんだ、ちょっとビールでも飲んでいくか。いい店があるんだ」

富田は額の汗を拭いながら吉本を誘った。

午後の日差しは雲にさえぎられていても、まだ暑い。

「今年は残暑が長いな」

「でも、まだ日本はいいさ。外国は日本の比じゃないからな」

富田は高卒後商社に入り、夜間の大学に通いながら、スペイン語を学んだ。大学を出ると三年後には会社を辞め、自分の会社を興した。そして、勤めていた会社時代の客をさらって成功したというのだ。以前の会社時代に同僚だった女性と結婚して、子供もいるという。

同期会でいろいろな友人たちから聞いて、吉本は富田の様子をおぼろげながら知っていた。こんな金の亡者のような男を好く女性とはどんな人なのか。

「そりゃあ金儲けにギラギラしている男を頼もしく思う女らしいぜ」

と、彼を知る同期生が言ったのを覚えている。

「おれの商売は誰もやらないような隙間を狙うニッチだから、相手はアフリカや南米なんだ。日本のようないい気候は世界では珍しいぜ」

「ふうん」

吉本は感心して聞いていた。

富田が入って行った店は表通りから少し入ったところにあって、この辺りでは珍しい上品な佇《たたず》まいをしていた。玄関を入ってゆくと、店長らしい男や女将らしい中年の女性が、いずれもにこやかに迎えた。それは常連客に対する歓迎であることが吉本にもわかった。まだ夕刻には間があるので客は少ない。そのせいか、富田も軽口をたたいて、女将の案内する部屋に通った。

「ところで、おまえ今何してる」

おしぼりで首から顔と汗を拭った富田が訊いた。

「製薬会社のサラリーマンだ」

「そうか、それじゃあ独立するってわけにもいかんな」

「ああ、そんな気はないさ」

「会社を始めるってのは、大変ではあるが、面白いもんだぜ。儲けが全部自分のものになるんだからな。サラリーマンのときには考えもつかなかった金が、入ってくるんだから。それに金があれば何でもできる」

そのとき女将がビールとつまみを持って入ってきたので、話は中断した。

「いつもので、よろしいですか」

「ああ、そうして」

女将の言葉に富田は返事した。そんなに度々ここを使っているのかと、吉本は驚いた。女将が下がると、

「この店だって、金がなければこんなに愛想よくはならないぜ。しかし、おれはこんなことで満足はしていない。近いうちに銀座で飲めるようになる」

と、言う。この男は金のことばかり言うので、吉本は話題を切り替えることにした。

「ところで、おまえ、まだクリスチャンなのか」

「ああ、クリスチャンであることは、実に有効なんだ、商人にとってはな」

まだ高校生のころ、吉本は富田とキリスト教について言い争ったことがあった。

「キリスト教で世界が救われると思うか」

と、吉本が言うと、

「宗教なくして人間は救われない。信ずることが必要なんだ。キリスト教が人類を救うのだ」

と、真剣な表情で言ったものだ。

しかし、今はどうも商売に利用できるからと考えているらしい。

そのとき女将が料理を持ってきたので、話はまた中断した。

「話は違うが、この前、少し込み入った事情があって、関係先とトラブったことがあった。そこで大蔵大臣の横澤さんに会った。話をしたら、その場で電話してくれて、一発でことは解決さ。政治家ってのはすげえもんだぜ」

大蔵大臣の横澤というのは、高坂市を選挙区にしていて、やがては総理になると噂されている代議士だ。

「もちろん、すぐに献金して一件落着だ」

吉本は富田が彼の想像もできない世界で活躍しているのを知った。

二

富田は高坂市に子会社を設立し、高校同級の津田沼信夫を責任者に据えた。今では津田沼は富田の秘書か何かのように扱われていた。その津田沼から在京の同級生に連絡が入った。

「このたび富田が受勲されたので、その受勲祝いを銀座のバー『リボン』で開催します。どうぞ来週水曜日の夜六時にお運びください」

富田の同期生はそんな意味の電話や手紙で知らされた。

「ほう、富田が受勲ねえ。以前彼は銀座で飲むのが目標というようなことを言っていたが、実現させたのか。そのうえ受勲とは」

と、吉本は言った。吉本は勲章というものにそれほどの関心はなくて、勲章に尻尾を振って感激する人を軽蔑すらしていたのだ。文化勲章は別としても、結局は権力におもねて、その代償に勲章をもらうのではないかと思っていたのである。

この知らせは瞬く間に同期生の間に知れ渡った。

「同期でこんなに早く勲章をもらうなんて、大した出世だ。同期として光栄だ」

という者が多かった。

会場になったバーでも、皆、富田にそう言ってほめそやした。ママもチイママも、ホステスもそういう者たちに相槌を打って回るのを富田は満足した顔で見ていた。彼にとって人生最高の時だったかもしれない。

彼の『大出世』を褒めそやす言葉に酔って、会は終わった。

しかし、帰り道での同期生たちの話を聞いたら、彼は一度に酔いが覚めてしまったことだろう。

同期生の一人が内実を暴露してしまったのだ。

「あの勲章は金で買ったんだから、何てことはないさ」

「えっ、それどういう意味だ」

「紺綬褒章ってのは、献金さえすれば貰えるんだ」

「へえっ、そりゃあ本当か。でも相当の額の献金でなけりゃあ貰えないんだろ」

「まあ、五百万とか言われてるけど」

「ふうん、まあ、それにしてもそれだけの金を献金できるってのも、大したもんだ」

「まあ、彼にとってはあぶく銭なんだろうな。娘を鈴蘭学園に入れたくらいだから」

「へええ、いいとこのお嬢さんが行くあの鈴蘭学園か」

「それが自慢でもあるんだ。これは奥さんの強い希望でもあったらしい」

高校の同級生は知らなかったが、富田は高校時代ひどく貧しい暮らし向きの母子家庭に育った。以前は高坂市に住んでいた。しかし、父親がギャンブルに夢中になり、反社会的勢力に追われる身になって、失踪したため、足原近くの町に母と転居してきて、彼は足原高校に入学したのだった。貧しさを身に染みて経験したことが、彼を金銭にどん欲にさせた。

貧しさから抜け出したとき、彼は二度と貧乏にはならない、贅沢をして世間を見返してやるのだと決めたのだった。

妻は彼の過去は知らされていなかったが、娘の雪江を鈴蘭学園に通わせることには大賛成だった。自分は公立の学校で、大学は私立の三流校と、ごく平凡な学校生活しか送らなかったから、優越感を満足させるのに十分だったのである。

「とうとううちも娘を鈴蘭に行かせることができたのね」

と、富田の妻は満足して言った。

「おまえの運転で雪江を送迎するなら、おれの車を使えばいい」

「あなたはどうするの」

「もう一台買うさ。今の車にも飽きてきたからな」

そう言って、彼は又新しい車を買った。今度はアウディだった。彼がこの車に乗って高坂の子会社に行くと、支社長の津田沼は目を丸くして羨んだ。

「又、新しい車を買ったのかい」

この話はたちまち同期生の間に知れ渡った。富田はよっぽど儲けているらしい。来るたびに新しい外車で来ると。そういう噂が立っていると知って、富田は満足だった。連中の中で、おれは出世頭かと思うと満足だった。

商売のほうは順調だった。ときには危ない橋を渡ることもあったが、何とか切り抜けてきた。それが彼の自信になっていた。

ある日、吉本に津田沼から電話がかかってきた。津田沼は高校同期会の高坂地区で幹事役だ。同期会の幹事役は、津田沼のほか二人が交代で務めることになっていて、今度の幹事に吉本も含まれている。会も近づいているので、そのことでかけてきたのだろうと思った。ところが、津田沼は重々しい感じで言うのだった。

「実は、富田が先週入院したんだ」

「えっ、なんで」

思わず言うと、津田沼は、

「膵臓か肝臓かわからないが、ともかく内臓の検査をしている」

「どこの病院だ」

「帝都大学の北区にある大学病院だ。寂しがっているから、見舞ってやってくれんか」

「わかった」

富田の秘書みたいな立場の津田沼だから、幹事のひとりである吉本に知らせてきたのだろう。特に親しくしているわけではないが、幹事役の一人でもあるし、連絡をもらったからには行って慰めてやらないわけにはいかない。あいつも働き過ぎたのかもしれないと吉本は思った。

帝都大学の大学病院は何度か行ったことがある。いずれも入院患者の見舞いだが、そのうちの一人は後に亡くなっているので、あまりいい印象がない。でも助かって退院した人のほうが多いのだから、不吉なことは考えないようにした。

富田の病室はすぐわかった。ドアをノックすると富田の声でどうぞと答えがあった。割合元気そうだ。ドアを開ける。部屋の中ほどにベッドがあって、富田がこちらに向かって笑顔を見せた。

それほど広くはないが個室だ。吉本が声をかけた。

「おう、どうした。病院にいるとは驚いたぞ」

「ははは、おれも驚いている」

そういう声も心なしか元気がない。

「どこが悪いんだ」

「検査していて、医者がはっきりしたことを言わないんだ。医者にもわからないのかもしれない。体がだるいだけで、どこも痛くないから困ってる」

「ふうん。どこも痛くないなら、寝ていればいいんじゃないか。働き過ぎで、少し休めという神様の指図だろ」

「なんだ、クリスチャンのおれをおちょくっているのか」

富田が笑った。

「そんなことはないさ。でも、医者が検査をというなら、いい機会だから徹底的に調べてもらったらいいじゃないか」

「まあな。でもここのベッドに寝ていると、いろんなことが思い出されて、なかなか休まることがないんだ」

「ふうん。会社のことか」

「いいや。天井を見ていると、天井がうごめくんだ。それは女体のうごめきにもなるし、おれに襲いかかるようにも見える」

そう言われても、吉本には天井に汚れのようなものは感じられないのである。感覚がおかしくなっているのか。それにしても、性に関して異常とも思える富田の言葉からは、どこかがおかしく感じられるのだった。

「ほう、おまえはまだそんな欲望があるのか」

「そりゃあ、おまえ、人間欲望が無くなったらおしまいだろうが。若い女の裸を見て何とも感じなくなったら、死んだも同じだぜ」

吉本はそう言う富田が、以前のようにギラギラと生への執着がみなぎっていないのを見て取っていた。

三

富田は吉本とかつて言い争いをしたことがある。自分の会社を作ったころのことだ。吉本が、

「おまえの理想は金儲けか」

と、言うと、

「当り前じゃないか。金があれば何でもできる」

と言った。

「おれは人生を有意義に過ごすのが理想だ。おれは今製薬会社に勤める一介のサラリーマンだが、薬で一人でも病人を減らしたり、命を救えたら幸せだ。これは金儲けではないぜ。結果として生活できればいいんだ」

「おまえたちみたいに、裕福とまでいわなくても、貧乏をしたことのない家庭に育った連中は、そんなことを言ってられるんだ。おまえが言うような甘っちょろいことで、こ

の世を渡っていけると思ってるのか。それは書生っぽの言うことだぜ」

「人生の目的が金儲けとは情けない」

「人間、食えなければ死んじまうぜ。金さえあれば生きてもいけるし、理想を実現することだってできる。理想を掲げても死んだんじゃあ何にもならないと思わないか」

「金がなければ死ぬというのは極端じゃないか。おれは人生を金儲けよりずっと有意義に過ごしたい。小関が絵を描いているのだって、金儲けじゃないぜ。充実した生活を目指していて、それが売れれば、また絵につぎ込む。そりゃあ、中には金儲けのために絵を描いているのもいるさ。そういうのは例外さ。理想を追求しているのは、絵を見ればわかるさ」

確かそんな言い争いをした。そんなことから、富田は吉本に何か親近感を抱いていたのかもしれないと吉本は思った。金儲けを果たしたけれど、満たされないものがあって、吉本と付き合うことで、何かを得たいと思っていたのかもしれない。しかし、もしそうだとしても、それを認めれば富田の敗北になるから、負けず嫌いの彼は認めることはないだろうと、吉本は思うのである。

富田が退院したのは、吉本が見舞ってから半月ほどしてからだった。富田が電話をしてきて結局大したことがなかったという。

「結局、働き過ぎの骨休めになったわけだ」

と、吉本が言うと、

「まあ、そんなところか」

と、富田が言った。しかし、いつもと違って少し元気がないように思えた。吉本はひょっとすると複雑な病気で、医者が見放したのかもしれないと思ったが、素人の吉本が言えるようなことではないので、「何でもなくてよかったな」と応えておいた。だが、吉本の予想とは違って、富田の体調は悪くならないようだった。

それからしばらくして富田が行方不明になったという噂が吉本の耳に入った。吉本はすぐ津田沼に電話した。津田沼は富田の子分みたいなもんだから、消息は知っているに違いない。

「富田が行方不明になったって本当か」

「それ、誰から聞いた。本当なんだ」

津田沼によると、一週間ほど前に南米の得意先に商談をしに行ったが、以来行方がわからなくなっているという。

「ひょっとすると、ひょっとするかもしれないんで、八方手を尽くしているんだが、わからんのだよ」

「そうか、それは大変だ。奥さんも心配だろうな。何かわかったら教えてくれよ」

そう言って津田沼とは電話を切ったが、富田も随分危ない橋を渡っているのだと思った。文字通り命がけの商売と言える。そうでなければ、彼の言う金儲けはできないのかもしれない。

吉本はいつの間にか高校同期会の幹事役を続けてやらされていて、その後の富田についても関わるような形になっている。ひと月もしたころ、津田沼から電話があって、富田が日本に帰ってきたことを知った。富田の家に電話すると、娘が電話口に出て、本人は母と一緒に温泉で静養中だとのことだった。

「でも、今週末には戻ってまいります」

と、娘は言った。

その週末に、今度は本人から家に電話があって、心配かけたがもう回復したと言う。

「一体どうしたんだ。雲隠れしたんじゃないかと言う奴もいるし、生きていないんじゃないかなんて言う奴もいた」

「ははは、当たらずと雖も遠からずってとこだ」

「話を聞きたいが都合はどうだ」

「今日なら時間はある。近くの喫茶店へ来られるか」

「みゆき通りのあそこだな。二時には行く」

約束の時間に行くと、富田がもう来て待っていた。

「ほんとに心配したぞ」

「ごめん、ごめん。今度という今度はおれも参った」

富田の話によると、付き合いのある現地の商売相手Aが、Bと取引していたが、そのBというのが、麻薬マフィアとも付き合いがあるやつで、その関係から当局に間違われて捕まっていたという。麻薬取引とは関係ないと言っても、なかなか開放してもらえなかったという。

「おれは麻薬取引とは関係ないから、そのうちに疑いが晴れて解放されるだろうと思っていた。ところが、Bが罪を逃れようとして、でたらめを言いやがって、そのとばっちりを受けたってわけだ。そのために、付き合いのあった商売相手のAまで巻き込まれて、まあ、酷い目にあったってわけだ」

そうか、富田はそういう危ない橋も渡って商売をしているのかと、今更ながら外国との貿易の厳しさを知らされたのだった。

四

吉本が富田からの会社解散を知らせる手紙を受け取ったのは、それから二か月ほど経ってからだった。手紙には、

「皆様方には大変お世話になりましたが、今般富田商会を解散することと致しました。どなたにも、借金でご迷惑をおかけしないうちに解散したいと願い、今般のことと相成りました」

とあった。

津田沼からも、解散後の富田を励ます在京同期会を開きたいとの連絡があった。会場は銀座のレストランで、その日は十人ばかりが集まった。津田沼が司会と進行係をして、富田の挨拶と乾杯の後、富田への質問が殺到した。

「富田、おまえは事業で成功したのに、なぜ解散しちゃうんだ」

という問いかけが多かった。誰もが富田の解散の言葉が信じられないのだ。

「君らの疑問はもっともだと思う。実は解散を考えたのは南米問題の後だ。自分の年を考えると君らサラリーマンの定年になっている。会社もおれの後を継ぐ者がいれば、そいつに譲ることもできた。しかし、女房は経理には明るいが営業は無理。娘は営業には向いていない。息子は今アメリカのオレゴン大学で准教授になろうとしていて、商売には向かない。社員の中にいるかというと、それもいない。そうなると、解散しかないんだ。今なら、社員にある程度の退職金も払えるし、他の会社に拾ってもらうこともできるから」

「それはわかった。しかし、おまえはこれからどうするんだ。何もしないで、ぶらぶらしているってわけにもいかないだろう」

「まあ、これから時間があるから、とりあえず女房と世界一周旅行でもして、ゆっくり考えようと思ってる」

「世界一周旅行か。羨ましいな」

皆は異口同音にざわめいたが、富田の顔色は決していいとは吉本には見えなかった。

ひょっとすると、富田は健康上の問題があるのではないか。そうでなくて、あれほど富を追求していた男が、簡単に富の源泉たる商いから身を引くはずがない。皆は自由な時間を過ごせることを、ただ羨ましいと言い、酒を飲むのに気を取られていて、富田の健康に気をかける者は殆どいなかった。

吉本は津田沼にそっと富田の健康を問いただすと、彼も気が付いているようだった。

「あいつ、言わないけどな、おれもそれを心配してる」

と、顔を曇らせるのだった。

「元気に世界一周旅行に行ってこいや」

会は、皆がそう言ってお開きになった。

「今までゆっくり観光旅行をしたことがなかったから、毎日が新鮮だ。今日はローマの古代遺跡を見て回ったが、すごさに圧倒された。明日はポンペイに行く予定。しかし、少し疲れた」

何か月かして、そんなことを書いた絵葉書が吉本の許にも届いた。富の追求から離れて、ゆっくり魂の解放をしている様があふれているのだった。

今彼は初めて心のゆとりを取り戻しているのかもしれなかった。しかし、それは体力の衰えと引き換えに得たものだということに、富田は気づいていないのだった。

（完）

寂しい日々

寂しい日々

一

大田原時雄が中堅の鉄工所の部長を定年退職し、一週間は毎朝同じ時間に目を覚まして、ああもう会社に行かなくていいのだと思う日が続いた。彼は趣味という趣味を持っていなかったから、一日が長くて仕方なかった。たまたま新聞に挟まってきた広告に、温泉旅行の誘いがあったのを見て、五日間の東北旅行に行こうと思い立った。

「どうだ、東北の温泉地巡りに行かないか」

と、妻の志保子を誘うと、

「あら、いいじゃない。温泉なんか久しく行ってないものね」

志保子は一も二もなく賛成した。もともと時雄は旅にそれほど興味があったわけではない。温泉に入って美味い酒が飲めればいいという思いだった。だから、旅行会社から渡されたパンフレットもちらっと目を通す程度だった。旅行好きはパンフを見るより先に、ガイドブックなどで下調べをする。そしていろいろな知識を身につけて旅に出る。旅はいやがうえにも楽しいものになるのだが。

こうして時雄たちは旅行会社の作ったパッケージに乗って旅に出たから、志保子はガイドの言うことをよく聞いて旅を満喫したのだが、時雄は温泉に浸るのと酒を飲むのに満足して帰ってきたのだった。

それでも彼は満足した。非日常の生活は悪くないと。

「一年に一回くらい、こういう旅をしたいわ」

志保子が言うのを聞いて、時雄はそれもいいかと思った。

家に帰って二日もすると、時雄はまた無為の生活に戻って、酒に憂さを求めるようになった。

「お父さん、運動しないと体がなまっちゃうわよ」

と、志保子が注意すると、

「わかっとる!」

時雄の返事はこれだった。妻に言わせない強圧的返事であった。まだ勤務していたときの癖が残っているのかもしれないと志保子は思って我慢した。わかっとると言いながら何もしないのである。自分に都合の悪いことを言われると、この言葉が出るのを志保子は何度も聞いた。志保子はこうなると何を言っても駄目なのを知っている。

以前はこんなことはなかった。会社勤めがなくなって自分で何をしていいのかわからなくなっているのかと志保子は慮《おもんぱか》っている。

二人は相思相愛で結ばれたのだった。志保子は時雄の会社がよく使っていた喫茶店でアルバイトをしていた。時雄は残業に次ぐ残業で、時には会社に泊まり込むこともあった。

山梨の両親は彼の体を心配したが、世の中が皆そうなのであった。忙しい勤めを終えて、たった一間のアパートに帰ってくるとむなしさに襲われるようになった。電気の点いていない部屋は、やはりわびしかった。いつしか温かい家庭を持ちたいという望みが心にともった。そんな頃に志保子と出会ったのであった。彼女も独り身の寂しさを感じていて、彼の中に伴侶としてのたくましさを見出したのかもしれなかった。

会社の友人が二人の結婚式、披露宴を取り仕切ってくれた。近くの神社で式を挙げ、志保子の働いていた喫茶店を会場にして披露宴は行われたのであった。

こうして新生活は始まった。六畳一間の生活は独り者にはよくても、新婚生活には狭すぎた。六畳二間のアパートの部屋代は辛かったが、二人の収入を合わせれば何とかなって、引っ越したのだった。しかし、ただ寝るだけならいいが、文化的生活をしようとすれば、味気ないのであった。しかも、近所の工場らしいところで夜業をするときは騒音で落ち着いた生活が乱された。

志保子が見つけてきた住宅公団の空き家募集に何度も応募した。だが、ここでも競争が熾烈《しれつ》で、いずれも落選したので、時雄はたまたま郊外にできた一戸建ての住宅に応募したのだった。土地付きというのが魅力だった。歴代の総理大臣が地価を押し上げるような発言をしたり、高額所得者の上位を占める人たちが土地成金だという新聞報道は、人々の心に土地への神話を作り上げていたのである。土地の値段は上がる一方だし、これから先、家を持たない人生は人々にとっては考えられなかったのである。都心の会社に通うには少々不便ではあるが、一戸建てで自治体によって開発され募集されたのが魅力であった。

「どうせまた外れるかもしれないが、当たればラッキーってとこか」

時雄は新妻にそう言って、外れたとき落胆しないように予防線を張っていた。ところが何ということか、当選通知が来たときは抱き合って喜んだものだった。年収と同じくらいの頭金は志保子が節約をして貯めた預金を足して払うことができた。残りは当時安い金利の住宅金融公庫からの借り入れで、三十五年月賦ということになった。この額なら彼の収入で何とかなると思ったのだ。

郊外の家からは最近できたらしい団地が見えた。一帯を新しい街づくりにするらしかった。家は平屋であったが、部屋数も四部屋あって、使い勝手がよくできていた。押入れも多いし、当時としては珍しいウオークイン・クローゼットもあったので志保子も大喜びであった。何もかもが二人を有頂天にさせた。家の周りにはちょっとした庭もある。同じような家が十四、五軒整然と並んで建ち、近くには子供を遊ばせられる公園も完備していた。

家の近くのバス停からは私鉄の駅まで十五分ほどかかり、そこからは都心まで一時間弱、国電に乗り換えて二十分。電車はいつも混雑していた。座席に座れるときは持参している本を読んだ。国電は春先になるとよくストをした。そんな時は都心まで出ても、そこから先は会社まで歩いて出勤しなければならなかった。それでもそんなに苦にはならなかったのは若かったせいかもしれない。

同僚の中には、会社まで三時間もかかる者もいた。当時は土曜は休みでなく、半日の勤務があったので、三時間ほどの勤務のために三時間かけて会社に来ると嘆いていた。それに比べれば時雄はどれほど恵まれているかと思うのだった。

二

間もなく生まれた長男の洋志《ひろし》は、まだ自然の残っているこの地ですくすくと育った。近くの同い年の友達と遊びまわり、学校に通った。娘の晴美とは年子で、二人は給食が楽しみで学校を休むことがなかった。二人とも中学も高校も公立で、洋志も晴美も予備校にも通わず、大学は都内の私立に一発で入った。時雄は子供たちがあまり勉強をしているように見えなかったので、浪人することを心配していたが、洋志は難なく突破した。晴美は一浪したが、二人とも私立でも学費の安いところだった。親に負担のかからないところを選んだのだ。洋志は留年することもなく大学を卒業して、希望していた会社にも入れた。

会社は時雄の家から通うのに不便であったため、洋志が家から通うことはなかった。会社から三十分ほどのところに部屋を借りて、一人住まいを始めたのだった。

間もなく同じ会社で働く美紀と恋に落ちて結婚した。

それから三年。一方、晴美は地元の信用金庫に勤め、時雄の家から通っていた。

洋志は新婚生活を十分楽しんでいるようで、休みにたまに顔を出す程度で、時雄も志保子も物足りなさを感じないではなかったが、夫婦仲良く暮らしているのが何よりと感じていた。

「子供はまだなのか」

と言っても、

「うん、そのうちにできると思うよ」

洋志はそう言ってけろりとしているのだった。

更に一年後、イギリスの支店に転勤が決まり、夫婦でイギリスに行ってしまうと、電話でしか連絡が取れなくなってしまった。その後子供ができたという話もなく、時雄は寂しい思いをしているのだった。

ところが、しばらくして洋志の妻が妊娠したという知らせが来た。そのため、現地で出産するのは心配が多いということで、美紀だけ日本に戻って出産したいという。美紀の両親は大喜びで、すぐにでも帰って来ることになったのだった。

時雄も妻の志保子も大喜びであった。それにしても、洋志の海外勤務はいつまでなのか、洋志に聞いてもわからないのであった。

美紀は実家に落ち着き、実父母の面倒を受けているので、時雄は時折に嫁の実家を訪れ、洋志たちの異国での生活を聞くに過ぎなかった。親にしてみれば寂しいことであった。

やがて美紀は男の子を出産した。時雄たちも出産の日、病院に駆けつけ、美紀の両親とともに初孫の出産を祝った。暫くして洋志も転勤が解け、帰国して長男と対面して喜びをかみしめた。

子供はイギリスで妊娠したので英好《えいこう》と名付けられた。英好は元気ですくすくと育った。育児の関係で、洋志たちは美紀の実家近くのマンションに居を構えたため、再び時雄たちとは遠くなってしまった。時雄は頻繁に孫の顔を見ることもなくなって寂しい思いをした。

時雄が定年退職をして三年も過ぎていた。会社に通っていれば孫のこともまぎれただろうが、今は孫のことばかりが思われてならない。妻の志保子も同じようであった。

「近くにいればねえ」

と言ったりするのであった。

そんなある日、志保子が、

「この頃ちょっと自分でも変なの」

と言うので、どういうことかと訊くと、

「忘れっぽくなって、昔のことは思い出せるのに、さっき聞いたことも思い出せなかったりするの」

「じゃあ、病院で調べてもらおうか」

近くの個人病院ではなく、バスに乗って駅近くにある大学附属病院に連れて行った。眼鏡をかけた初老の医師はにこやかな顔で、記憶力テストや計算などを示して検査をした。簡単なテストなのに志保子はなかなか早く答えられない。

「それじゃあMRIで調べてみましょう」

と、医師がMRI検査を促した。MRI検査などは時雄も受けたことはない。検査室に入って、技師の指示に従って検査を受ける。

しばらくして出てきた志保子は、

「もういいわ。あんな検査初めてよ」

と首を振った。

「どんなんだい」

「まるで道路の掘り返し現場にいるみたい。ドンドンドンやら、ガガガやらで、うるさくてたまらなかったわ」

「ふーん。それじゃあかえって頭がおかしくなっちゃうな」

「そうよ、もっと何とかならないのかしらね」

などと話していると、先ほどの医師の部屋に呼びこまれた。医師は目の前のシャウカステンに並べたフィルムを指さしながら、

「これは、大田原志保子さんの脳を横に輪切りにした写真で、この中央の右辺りに白っぽくなっているところがあるでしょう。ここが悪さをしているんです。もう認知症が始まりかけていますよ」

と言った。

「認知症ってのは、もっと年を取ってから始まるんではないですか」

「人によってはもっと若くてもなります。若年性認知症と言いますが」

「はあ、そうですか。治す薬はないんでしょうか」

と、時雄は医師に訊いた。すがるような気持だった。

「進行を食い止めるとうたった薬がありますが、治るわけではありません。今のところ

残念ですが、認知症に効く薬はないと言ってよいでしょう」

医師の言葉は時雄にはつれなく思えた。結局、認知症が始まっているということだけがはっきりしたのだった。

どの程度で病気が進行するのかわからないのが不安である。

「人によって進み具合は違いますから。一か月後にまた来てください」

と、医師は言うのだった。

「まああまり心配しないことだそうだ」

時雄は妻に言ったが、自分でもそれは気休めにしか過ぎないのを知っていただけに、気持ちは晴れなかった。更に、自分だってそうならないとはいえないと思うと不安は限りなかった。

仕事から帰ってきた晴美にも医師の診断結果を話すと、認知症の進み具合を遅くするのには、運動をしたりクイズをしたりするのがいいと、誰かが言っていたと言う。そこで、時雄は書店からクイズ専門の本を買ってきて志保子に試してみた。運動は毎日連れ立って散歩をするようにした。始めのうちこそ志保子は連れ立って散歩をしたが、しばらくすると嫌がるようになった。嫌がるものを無理やり連れだすわけにもいかないので、散歩はあきらめるしかなかった。クイズのほうはいくらか続いた。しかし積極的に興味を持ってではなく、時雄が訊いている際中に、よそ見をしたりするような状態で、こちらもいつの間にかやめてしまったのであった。

認知症とわかっていても、我儘に過ごしてきた時雄には、妻の言動に我慢ならないことがしょっちゅう起きて、つい怒鳴ってしまう。すると志保子もむっとしてしまうのだ。

「病人の心を乱さないことが大切です。穏やかに過ごすことが病気を進行させない方法と思ってください」

と医師に言われたのを思い出し、時雄は何度も反省するのだ。

三

時雄はバスに乗ってスーパーから買い物を済ませて帰ってきた。買い物はもう時雄の日課のようになっている。時雄は勝手口のカギを開け奥に向かってどなるように言った。

「今帰ったよ」

奥で誰かが動いたようだった。娘の晴美のはずはないと思ったら、やはり志保子がのっこり現れた。

「お帰り」

「今日は志保さんの好きな来々軒の餃子も買ってきたよ」

「そう、食べたいな」

「うん、あとでね」

認知症が始まっている志保子の病気の進行を少しでも遅らせようと、時雄はなるべく会話を多くするようにしている。だから、外で目にしたことを妻に報告することもいいと考えている。

「今日はさ、公園の角のところに電熱器とゴミ袋が捨ててあった。ここのところ、不法投棄がなくなってよかったと思っていたのに、腹が立つよ。畜生め、また誰かが捨てていきよった。きっと車で来て捨てて行ったんだろうな。若い奴か、中年の奴に違いない」

「ふーん、しょうがないわね」

「だけど、へたに片づけたりすると、また味をしめて捨てにくるから、あのままにしておいて見せしめにするほうがいいと、区長さんが言ってた。しかし業腹だな」

「そうだね」

時雄が買ってきた食材を冷蔵庫にしまったり仕分けをしているのを見て志保子が言う。

志保子はさっき言ったことを忘れてしまったり、同じことを何度も言ったりするが、まだ徘徊をするようなことがないのが救いだ。それでも時雄が外出するときは、念のためにカギをきちんとかけるが。

食事の支度は二人でするようにしている。まだ志保子は長いことしてきた煮炊きを忘れてはいないようなので、できることはさせるようにしているのだ。慣れ親しんだことをすることによって、ひょっとしたら脳機能の働きが戻るかもしれないと望みをかけてのことだった。

夕食までまだ間があるので、時雄は志保子を誘ってテレビを見ることにした。テレビは脳の活性化に利用できると思う。例えば出てくるタレントの名前を言わせたりする。なかなか思い出せない。思い出せなくてもいいと思う。素人考えだが、思い出そうとするだけでも脳が働いているのではないか。そういう自分も思い出せないことが多くなった。

「もういいわ。疲れた」

暫くすると志保子はそっぽを向いた。脳が疲れるのかもしれない。テレビ番組の内容を楽しめないのもつらいことかもしれないのである。

「それじゃあ、そろそろ夕飯の支度をするかね」

「うん、そうしよう」

何となく志保子がいきいきとしたように見えた。夕飯のおかずは肉じゃがと厚揚げの煮物、焼き魚に味噌汁などだった。味噌汁を作っていた志保子が変な顔をしたので、時雄が味見をしてみると、味噌の入れすぎだった。彼がそれを指摘すると、志保子はにやっと笑うのだった。

時雄は結婚してからずっと妻の名を呼ぶことはなかった。おい、とか、おまえと呼んでいた。しかし、それは妻にストレスを感じさせるのではないかと思い、妻に異常が感じられるようになってから、志保さんと呼ぶようになったのだった。果たして効果があるのかどうかはわからない。いくらかでもストレスを軽減していればいいのだが。

食卓に夕食の膳を並べると、時雄は仏壇にも同じものを供えて線香をともす。この時は志保子も一緒に手を合わせる。仏壇の中の位牌は随分前に亡くなった両親のものだ。洋志や晴美が子供のころの食事風景は活気に満ちていた。今は洋志たちもいないし、帰りの遅い晴美の分をとっておき、口数の少なくなった妻とぼそぼそと食べるといった感じだ。志保子は食事に満足しているのだろうか。お父さんの作ってくれるものはみんな美味しいよと言ってくれるのだが。

食事が済むと後片付けは時雄の仕事になる。妻はテレビを見たりしている。夫婦が過ごしてきた生活が逆になったのだ。以前時雄が何もせずにいても、妻は少しも不平を言わなかった。時雄は当時の妻の気持ちを思い、後片付けをするのだった。

最近では彼も皿や茶碗を洗ったりするのにも慣れた。結婚した時はこんな生活をするなんて思いもしなかった。

四

一か月経って病院に行った。この前と同じ医師と対面した。今度は以前と少し違う計

算などをさせ、志保子にいろいろ質問したうえで、

「やはり病気は進行していますね。介護が必要になるかもしれません。当面有効な薬がないからなるべく進行を遅らせるしかないですね」

と言った。医師によると、毎日散歩をするのもいいとのことだった。それで、時雄は志保子を連れて近くを散歩するようにした。

始めのうちは時雄について歩いていたが、そのうちに志保子は遅れるようになったので、時雄は志保子の手を取って引っ張るようにした。しかし、それも長くは続かなかった。散歩するのを嫌がるようになったからである。花を見に行こうとか、珍しいものがあるからなどと言っても乗ってこない。

時雄はご機嫌をとるのにも疲れてきた。つい怒りそうになるのを抑えるのも彼にとっては苦痛になってきた。家の中にいても、いつも志保子のそばにいるわけにもいかない。

ある日のこと、彼が二階の書斎で探し物をして、階下に降りてくると志保子がいない。大声で呼びかけながらトイレも風呂場も探したがいない。玄関を見るといつも志保子が履くつっかけのサンダルがない。かけておいた玄関のドアのカギが外れている。も

うこれは志保子が外に出たに違いない。

彼は慌てて外に出た。どこに行ったのだろう。以前、彼女を連れて散歩したコースをたどってみることにした。まだそんなに遠くには行っていないはずだ。しかし、散歩コースには見当たらない。今来た道を戻ってみても同じだった。どこへ行ったのだろう。大通りで車の事故にでも遭わなければいいが。認知症の患者が鉄道の敷地内に入って事故を起こし、鉄道会社が家族に対して保護責任を問われた裁判があったのを思い起こした。裁判の結果は保護責任者に責任はないということになったが、車にはねられたら、責任より志保子の命がどうなるのかが心配だ。

探しあぐねて公園のところまで来た時だった。ベンチに腰を下ろしている志保子を見つけたのだ。ほっとして力が抜けてしまっていた。汗をびっしょりかいている。それにしても、何事もなくてよかった。志保子は彼の心配などわからないようで、誰も乗っていないブランコをぼんやり見ているのだった。

「志保子。どうして黙って出てきたんだ」

と、彼は気持ちを抑えて優しく言った。志保子は彼が何を咎めているのかわかっていないようだった。

「さあ、家へ帰ろう」

「帰るの？　お父さんと一緒に？」

「そうだよ。こんなところにいると、風邪を引くよ」

「だって洋志たちがいないんだもの」

洋志が孫などと一緒に都心のマンションにいることが、志保子の頭の中では理解できないのか、昔のことは記憶していても、最近のことは思い出せないのか。

「洋志は都心のマンションに住んでいて、うちにはいないんだよ」

「いないの。うちには帰ってこないの。寂しいね」

志保子はそう言うと、やっとのことで立ち上がった。時雄は妻の腕をとってゆっくり歩き、家に向かうのだった。

「もう黙って一人で外へ出ちゃだめだよ。外へ出たいときは、そう言ってお父さんと一緒に散歩しようね」

「うん」

そう返事はしたものの、どこまでわかっているかわからない。ずっと妻の監視を続けているわけにもいかない。更に彼を不安に陥れたのは、晴美の勤務中に、もし自分に何かが起きたとき、どうなるのか。志保子には対処できるとは思えないし、どうしたらいいのかということだった。洋志に相談すると、母の状態の深刻さに心配を深めた。

「スマホか携帯電話を持っていれば、どこにでも連絡できるから。おれは仕事があるから、そちらに行けないし」

と、洋志は父に言った。そこで、時雄は志保子を病院に連れていった帰りに、駅近くの携帯電話を売っている店に寄って携帯電話を買い求めた。スマホは使いこなせそうもないので、携帯電話にした。いつも持っていれば、突然の事態にも対処できそうで、ひとまずほっとすることができた。

志保子の状態は日を追って進行して、一人で風呂に入ることもできなくなった。晴美が勤めから帰ってくる夜遅くに、晴美に手伝わせて風呂に入れたりするが、それも毎回というわけにもいかない。土曜か日曜では一週間に一回ということになってしまう。仕方なくホームヘルパーを頼んでみたが、志保子は気に入らないようだ。市の係に電話で相談すると、調査員が来てくれることになった。志保子の状態を見て、その程度を認定してくれるという。認定には主治医の意見書も必要とのことで、総合病院の主治医のところへも連れて行った。

一か月ほどして認定がされた。要介護三という。入浴のことばかりでなく、しもの始末のこともある。休日で娘の晴美が家にいるときはいいが、時雄一人で介護するのは容易ではない。カギをかけて出かけるにしても、毎日となると心配でおちおち買い物にも行けない。老老介護の現実を突きつけられた思いである。晴美が勤めを辞めて介護してくれればいいが、時雄は親のために娘の人生を縛りたくはないのである。介護の人を頼むしかないのか。

離れて住むのは辛いが、老人ホームで面倒を見てもらうしかないのかと時雄は思い悩んだ。市の特別養護老人ホームに問い合わせると、待機している人が大勢でとても入れそうもないことがわかった。これでは待機児童が問題になっている保育園と同じではないか。有料老人ホームを調べると、入居金五百万円、毎月の経費が十数万円というのが多いことがわかって、時雄は愕然とした。入居金は預金を崩すにしても、毎月の経費は特に東京近辺が高い。二十万円を超えるところもある。毎月の年金が二十万円そこそこしかないのに、そんなに払えるわけがない。これで税金やら光熱費などを引いて食べてゆけるのだろうか。

調べれば調べるほど不安がつのるのである。これでは娘を嫁にやることもできない。

娘は勤めの傍ら黙ってできるだけ母の面倒をみていて、親の目から見るといたいたしくもある。時雄には富山に嫁いでいる姉がいるが、姉自身が健康を損ねていて相談相手にはならない。

仕方がないので、山梨の高校の同級生で仲の良かった中谷恵三に相談することにした。同級生の中谷はやはり親戚に認知症の人がいて、手ごろな有料老人ホームに預けた経験から、いくつかのホームを紹介してくれた。

「こっちでも町の人は結構介護の問題で困っているようだ。農家の人は体を動かして運動になるからか、割合元気で認知症にもなりにくいのかもしれない」

と、中谷は言う。そうかもしれない。あるいは、都会と田舎の空気の差があるのかもしれないと時雄は思った。

「俺たちもそろそろ老人ホームに入所することを考えなければならない年なんだよな。悔しいけどな」

と言う中谷に、時雄はうなずかざるをえないのだ。

「親が亡くなったとき家を処分したから、帰る家はないが、今では却ってそれが幸いしている。今いる東京の家は、処分しようにも買い手がつかない状態でな。空き家にするわけにいかないし困っているんだ」
「こっちでもそうなんだ。空き家は火事にでもなったらどうにもならないしな。税が変わって固定資産税の優遇がなくなっても、持ち主不明ではどうにもならない。住みにくい時代になったとつくづく思うよ」

五

志保子を介護付き老人ホームに入れると、時雄は心に空白ができたように感じた。娘の晴美はいても、昼は勤めに出てしまうから、家の中は時雄一人になってしまう。広くはないが、一応志保子と住んでいたのが、認知症とはいえ、いなくなると隙間風が吹き抜けるような感じなのである。寝ていても、昔のことが思い出されてくる。新婚時代に志保子と楽しい食卓を囲んだこと。幼かった洋志や晴美たちと家の中でかくれんぼをしたこと。洋志が押し入れに隠れていて眠ってしまったこと。四人で夏休みに避暑地に遊んだことなどが、次々に思い出されるのだった。

老後は会社に縛られることなく、自由に悠々自適の生活が送れると楽しみにしていたのに、この索漠とした感じはどうしたことか。これで晴美が嫁にでも行ったらどうなるのだろう。好きな酒を飲んでも少しも美味くない。そのうちにそれまでになかったことだが、酔いつぶれて寝込んでしまうことが度々になった。晴美が勤めから帰ってきてそのさまを見て、

「お父さん、お酒は止めにしなよ。飲みたければわたしのいるときにして」

と、言う。娘に言われて時雄は酒を飲むのを止めた。

暫くして、志保子の老人ホーム探しに尽力してくれた中谷恵三が、自動車事故に遭ったと同級生から連絡があった。対向車線を逆走してきた車と正面衝突したという。幸い命に別状はないらしいが、腕を骨折して入院しているというので、老人ホームにいる志保子を見舞いながら、中谷も見舞うことにする。

親しい友が災害に見舞われるというのは悲しいことだ。病床で昔の思い出話をいろいろして慰めたいと思う。命に別状はないとはいえ、老体だから回復にも時間がかかるだろう。自分もそんな目に遭わないようにしよう。

連休だというので晴美も母を見舞いについてきた。しかし、時雄の見るところ、志保子の病状は進行しているようだ。晴美が話しかけても、娘と認識できているのかどうか

も怪しい。笑みを浮かべるだけで、時雄も晴美も失望するばかりだ。

「お母さん、わたしのことわからないみたいね」

と、晴美は父に寂しそうに言った。

「この前来たときより悪化しているんだよな」

「そうなの。良くならないまでも、悪化しないでくれたらね」

「ああ、そう願いたいな」

晴美はホームのスタッフに礼を言って、父と別れて帰っていった。


時雄は中谷を見舞うために、列車に乗った。

「遠いところを来てくれて有難う。ひでえ目にあったよ。何しろ相手も年寄りでな。ちょっと認知症の気があるんで、ああいう人に免許を持たせてはいかん。当てられ損だ」

中谷は腕の包帯を見せて時雄に言った。

「どうだい、痛むのか」

「少しは痛むさ。でも、軽傷で済んだ」

「逆走して来るんじゃ、避けようがないしな」

「そうなんだ。初めての経験だが、怖いもんだぞ」

「そうだろうな。これぱかりは気を付けようがないもんな。おれはもう車には乗らんことにしている。正解かも」

「しかし、田舎じゃそうも言っておられんからな。生活には車は必需だから」

それから二人はしばらく昔の話をした。

「寄宿舎の舎監の先生を巻き込んで酒を飲み、夜明かししたことも懐かしいなあ」

「ああ、あのときおまえも一緒だったな」

高校には遠くから通ってくる生徒のために寄宿舎があって、舎監は先生が二人で交代で務めていた。二人の先生も酒が好きで、生徒が飲むのを止めたりしなかった。先生も昔の体験に酔いしれていたのかもしれない。

「何もかも懐かしい思い出だよ」

二人は笑った。

「久しぶりに笑ったよ。おまえが来てくれたので、元気が湧いてきた。昔の話ができるのはいいもんだなあ」

「確かにそうだ。年を取ると昔の話をできる相手がいなくなる。まあ、おれでよかったら、いつでも来る」

「お互いまだ死ねないよな。ところで奥さんはその後はどうだい」

「家内はおまえのおかげで、ホームに入ることができたが、認知症の進み具合はまあまあだ。おれも娘も認識が難しくなっている」

「そうか、それはお気の毒だな。うちの女房だって、おれだって、いつそうなるかわからんからなあ。他人事じゃないよ」

二人はそう言って自分たちの身を顧みるのだった。

時雄は久しぶりに会った中谷と、昔の話をしたことで何となく気が晴れたように感じた。そして、帰りの車中で自分がもし死んだら、晴美のほかに寂しいと思ってくれる人間が何人いるのだろうなどと考えて、また言い知れぬうそ寒い思いに駆られるのだった。

家に帰ると、隣家の奥さんが回覧板を持ってきた。ここに移住するときに一緒に来た一家なので一番親しい間柄だ。志保子が元気な時はいつも志保子が相手をしていたから、時雄は挨拶をする程度の付き合いだが、志保子がいない現在は時雄が応対しなければばならない。

「奥さん、大変ですねえ」

と、慰め顔で言われて、時雄は「どうも」と応えるしかなかった。

回覧板は、合唱クラブ、マージャンクラブ、囲碁クラブなどへの参加を呼びかける内容であった。

「うちの人はマージャンクラブに入っていて、これは月に二回ほどですが、結構楽しんでいますよ。大田原さんも何かにお入りになったら、気もまぎれるんではないですか」

「はあ、そうですね。考えておきましょう。有難うございました」

時雄はそれもいいかと思ったが、ほとんど趣味らしいものがない身には、どれもが難しく思われた。会社勤めのころ、賭けマージャンや競馬競輪で身を亡ぼす仲間や後輩がいた。そういう姿を見ているから、彼には趣味に熱中する気にはなれなかったのである。

特に酒は好きではあったが、酒におぼれた後輩を見ているだけに、慎重であった。その後輩は飲むと正体がなくなるまで飲み、給料やボーナスがまだ銀行振り込みになる前であったが、夜に飲み屋街を飲み歩き、道路に寝込んで財布をそっくり盗まれたりした。それも一度や二度ではなかったので、とうとう家庭崩壊に至ったのであった。（おれはあいつみたいに、酒に溺れたりはしなかったが、晴美に言われて家で飲むことも止めた。何か趣味をもって、この寂寥感から抜け出さないとやりきれないな）

彼は近くの市民体育館に出かけてみた。曜日によっていろいろな行事が行われていることがわかった。体操教室やエアロビクスなどもある。プールもあって水泳もできる。

彼は中学のとき、水泳の選手でもあったので、これなら長続きできそうだと思った。早速申し込んで、翌月から通うことに決めた。一週間に二日だから、ちょうどいいだろう。

六

水温は思ったより温かく、訊くと三十度だという。久し振りに水の中に入ると、昔の感覚が戻ってきた。彼はクロールより平泳ぎが得意だった。水に慣れてくると彼は平泳ぎで二十五メートルを泳いでみた。隣のコースでは同じくらいの年の男性がクロールで泳いでいたが、二十五メートルまで行かず手前で足を突き、歩いている。行きも帰りも同じことをしているのだから、多分泳ぎ切れないのだろうと時雄は思った。

何回か泳ぎを繰り返すとさすがに疲れた。プールサイドに上がり、息を弾ませていると、先ほど隣のレーンで泳ぎと歩きを続けていた男が近づいてきた。

「若いころ、泳ぎをしていたんじゃないですか」

「ええ、まあ。でも中学のころですから、もう半世紀も前のことです」

と、時雄は応えた。子供たちと海水浴に行ったり、市民プールに行ったりしたことはあっても、プールで一人で泳いだことはずっとなかったのである。

「やっぱり、そういう経験者は違いますなあ」

と、男は感心したように言った。

そんなことがきっかけで、その男と話すようになった。男の名は杉戸と言った。

「杉戸さんはこのプールに通うようになってどれくらいになるんですか」

「一年くらいになります。プールで歩くのがいいと娘が言うもんですから、年を取ったわたしらには、これでもいい運動になるんでしょうかね」

「ほう、お嬢さんが」

「娘といっても、もういい年でして。まだ一人なんです。何しろ、女ばかりの職場にいるもんですから、なかなかいい相手が見つからず、紹介してくれる人は気に入らないと断ってしまうし、困ったもんです」

親の心配も時雄にはよくわかるから、同情を禁じ得ないのである。自分だって、娘の晴美がいつまでも一人でいられても困るのである。

「おれたちもいつまでも元気でいられない。そのうちにおれたちの介護をしなければならなくなるかもしれないんだぞ。早く結婚したらどうだと言うと、嫁に行った先で婚家の両親の介護をしなければならなくなったら、もっと大変だと言うんですよ。そう言われると説得もできませんよ」

「よっぽど杉戸さんのところが居心地がいいんですね。うちでも娘がまだ独り身なんで、心配しているんですよ」

「まだお宅のお嬢さんはお若いから羨ましいですよ」

お世辞にもそう言われると少しはほっとするが、晴美も早く伴侶を見つけてほしいと願うのである。

同じような境遇の杉戸と打ち解けて話をするようになって、時雄は幾らか気が楽になった。

この頃、時雄は主夫業に専念するようになっていた。勤めがある娘は夜遅いせいもあって、朝ギリギリまで起きてこないから、朝食は時雄が用意する。昼はコンビニ弁当ですまし、夕食の食材を買ってきて、晴美の分も作っておくのである。妻の志保子が認知症を患うようになってから覚えた料理である。土・日は晴美も手伝うが、時雄のほうが手馴れている。

最近土曜に外出が多くなったと思ったら、晴美が、

「お父さん、わたしお嫁にいっていい？」

と言って、時雄を驚かせた。

「ああ、いいとも。そんな相手が見つかったのか」

「うん。今度連れてくるから、会って」

「どんな男だ」

「お得意さんに栗原っていうクリーニング屋さんがあって、その跡取り息子なのよ」

「個人営業の店じゃ、女っ気がないから、晴美は大歓迎ってわけか」

「そんな言い方ってないでしょ。よければ来週の日曜にも親子揃ってご挨拶に伺いたいって、おっしゃってるの。どう？」

「いいよ。それじゃあ、洋志たちも呼ばなくちゃな。洋志たちの都合もある。よければ家に寿司でも取ってみんなで一緒に食事をするか」

「そうね。寿司幸なら美味しいし、いいわね」

晴美が言う通り、約束の日に若者と父親が二人してやってきた。

「栗原元雄といいます。こちらは長男の政義。まじめに家業に励んでいるのが取り柄です」

そう、時雄に紹介した。おとなしそうな若者と実直そうな父親で、時雄は好感を持った。

(晴美のやつ、いい男を捕まえたじゃないか。どんな母親か知らないが、この親子の家にならすぐに溶け込むことができるだろう)

と、時雄は思った。

「家族構成は妻と、政義の下に娘がいまして、これは去年嫁に行きました。晴美さんには何かと経営のことでお世話になっています。今度息子と結婚していただけるということで、大変喜んでいるところです。何卒よろしくお願いいたします」

「いや、ご丁寧に恐れ入ります。こちらこそよろしくお願いいたします」

と言って、洋志たちも紹介した。そして、

「親としてはしっかりしつけをしてきたつもりですが、世間知らずのところがあるとも思いますので、よろしくお願いいたします。何しろ母親が認知症でホームに入っていますので、行き届かないところが多々あると思います」

「そうだそうですね。お気の毒です。でもご自宅での介護では難しいようですから、仕方がありませんね」

「老老介護は大変でした。そのうちにわたしもどうなるかわかりませんよ」

と、時雄は笑った。しかし、それは本音でもあった。

「いやあ、大田原さんはそんなご心配はないでしょう。誰でも可能性から言えばあるわけで、これは致し方ないことですね。ところで、今度拙宅のほうへも是非おいでくださ い。店舗と一体の住まいなので何のお構いもできませんが、妻と娘一家もご紹介しなければなりませんから」

「はあ、有難うございます」

親同士が話すので、肝心の息子は黙って聞いていた。でも、おとなしそうで、まっすぐそうな感じで、時雄は好ましく感じていた。

栗原父子が帰ってから、息子の洋志に感想を訊くと、洋志も好ましい感じであったので、時雄はよかったと思った。

両親は、結納とか難しいしきたりは一切なく、あとは若い二人の気持ちに任せることに両家の親も同意したのであった。時雄と志保子の結婚の際も、洋志のときも難しいしきたりはなかった。どんなにしきたりを守っても、うまくいかず別れることもあるし、簡単に結ばれてもずっとうまくいく夫婦もあるのだから、しきたりは問題ではないと考えているのである。

時雄は急に忙しくなった。母親がいないから父親が何から何まで娘の嫁入り支度をしなければならない。つくづく志保子がいてくれたらと思う。晴美は何もしなくていいと言うが、時雄にしてみればそういうわけにはいかない。

水泳教室のほうも欠席である。折を見て行けないことはないけれど、杉戸と会うのが気になるのである。杉戸の娘さんのことを考えると、どうしても出かける気が鈍るのである。

七

婚約が済むと、時雄は晴美と息子の洋志、孫の英好を連れてホームにいる志保子に報告に行った。志保子は相変わらず事情を理解はできないが、一応形だけの報告をしたことになる。もし認知症を患っていなかったら、随分と喜んだことだろうと思うと、時雄は胸を締め付けられる気持ちだった。洋志や、洋志が連れてきた子、つまり彼女にとっては息子も孫も理解しているのだろうか。

しばらくぶりの洋志も、母の病状にがっかりしたようだった。

ホームからの帰り道で、晴美は言った。

「わたしがお嫁にいったら、お父さん寂しくなるわね」

「そんなことはないさ。うるさいのがいなくなってせいせいするさ」

晴美は父のそんな言葉が強がりに過ぎないことを知っていた。父も強がりなことを知っていた。娘がいなくなったら、一人きりの生活になってしまう。

時雄にとって心配なのは、晴美が主婦としてやっていけるかということだ。時雄くらいの年の親は、料理とか裁縫ぐらいの技術を身につけて嫁に行くのが当たり前だと思っている。普通は母親の手伝いをしながら、料理などは覚えていく。しかし、晴美の場合は母親が認知症になって、そういう機会がなかったし、勤めが忙しくて料理学校などに通うこともなかったのだ。何をとっても、学校の家庭科で学んだ程度のことでしかないのである。

以前、それを言うと、晴美は「今はスーパーでも、コンビニでも調理済みのおかずを買えば何とかなるのよ」と言うのだった。洋志も同感らしく、おれも嫁が忙しいときはコンビニの世話になるよと言う。時雄も時折スーパーやコンビニで買うことがあるが、やはり自分で調理したものとは違うのである。そういうことは、若い者はあまり意に介さないのかもしれない。晴美は結婚しても勤めは続けていくというから、まあ、それも仕方ないのだろう。

時雄は今度の結婚式について、晴美の相談には乗ったが、差し出がましいことは一切しなかった。仲人は勤め先の上司に頼み、会場は兄の洋志に相談したらしい。披露宴の最後には花婿の父親が挨拶するものと思っていたが、

「お父さん、政義さんのお父さんに代わって、最後にご挨拶してね」

と、言われた。時雄の顔を立ててのことらしい。花嫁の父親のする仕事はそんなもの

かと思った。娘に頼まれれば考えておかなければならない。いつまでも独り身でいられるより、一緒になってくれるほうが、親としてはほっとするが、さて今度は自分が一人になってしまうと考えると、複雑な気持ちになるのだった。でも洋志と違って、嫁入り先が家に近いのがまだしもである。そう考えるしかない。

仲人を頼むという娘の上司にも挨拶に行ったり、嫁入り支度など親としては結構忙しくなった。

欲しい嫁入り道具を訊くと、箪笥を二さおと茶箪笥が欲しいと言う。当初は近くのマンションかアパートを借りて住むらしい。金融機関に勤めていると、近隣の空き部屋の情報を得るのに便利なのだろう。

娘の休みの日に二人して家具専門店に出向き、娘の好みの家具を買い求めた。彼は初めてこういう家具専門店に行ったが、家具の種類の多さに驚かされた。彼が所帯を持ったときはごくありきたりの家具しかなかった。それが今は住まいや生活様式の多様化で多種多様な家具が揃っている。娘のほうも調べてあったようで、迷わないで家具を選んでいるのには時雄も感心した。自分が時代に取り残されてしまった感がした。妻だったらどう言うだろう。同じように今の流行にはついて行けないと言うだろうか。

娘が娘の生き方を切り開いてゆくのを見て、頼もしくも感じるが、自分を置き去りにしていくような気がして、寂しくもあった。妻がいれば慰め合うこともできよう。妻のいない生活はこんなところにも影響が出てくるのかと、今更ながら志保子のいないのが悔やまれた。

一か月は瞬く間に過ぎて、晴美の結婚式、披露宴は順調に進んだ。披露宴には親類のほか、学校時代の同級生や商店街の仲間が参列した。宴の最後には、時雄は一般の父親の誰もが言うような言葉で出席者に挨拶した。

こうして、身辺のことがすべて終わってしまうと、時雄に寂しさが訪れてきた。他人から期待されるのは迷惑でもあるが、生きてゆく張りでもあることに初めて気づいたのである。人生というのはどうにも厄介なものだと思う。

最近、時雄は夢を見ることが多くなった。毎晩のようにいろいろな夢を見るが、中でも恐ろしいのは宇宙人の襲来である。翼を持たない巨大なクジラのような飛行物体が空一面に現れて襲ってくるのである。中から宇宙人が覗いているのが、下から見えるのである。地球人がどんなに抵抗してもびくともしない。ぞっとして目を覚ますと、びっしょり汗をかいている。これは幼いころアメリカのＢ29が空を圧してくるのを見た記憶が作用しているのではないか。それとも映画の一場面が記憶に残っているのかと思われた。いずれにしても恐ろしいのである。ほかには、在職中のことで、受注した仕事が手違いで部品が揃わず、受注先から損害賠償を求められるというようなもので、びっしょり汗をかいて目が覚めるのだった。

若いころは、風邪を引いたりすると、よく悪者に追いかけられ、いくら逃げても逃げ切れないような夢を見たものだ。また、子供のころは夕方遊びから帰って来ると、暗い空にコウモリが飛ぶのを見かけた。その夜はコウモリに口と鼻をふさがれて、息も絶え絶えになって目が覚めるようなこともあった。

熟睡できていないから夢を見るのだろうと時雄は思うが、最近は熟睡できないから、食事をするとすぐ眠くなるのである。どちらが先か、卵と鶏のようだ。夜熟睡できるように、なるべく食後に眠くなるのを我慢してみたが、眠気には抗しきれないので、諦めた。老化現象の一つなのだろうと思うのである。

志保子はどんな夢を見ているのだろう。夢など見ていないのだろうか。志保子の頭の中を見てみたいとも思う。本人は夢の中を生きているのだろうか。そうだとしたら、案外本人は幸せなのかもしれない。

そんなことを考えるおれは、もう長いことはないのかと時雄はつぶやくのだった。

（完）

小諸悦夫（こもろ　えつお）

1932年東京都生まれ。法政大学第二文学部英文科卒業。
出版社で主に少年雑誌、少女雑誌の編集に従事。
著書に、
『フレッド教授メモリー』（早稲田出版）、『ミミの遁走』『落日の残像』
『民宿かじか荘物語』『酒場の天使』『ピアノと深夜放送』『遙かなる昭和』
『栄華の果て』『墓参めぐり』（以上 鳥影社）がある。

インク・スタンドその後

定価（本体1300円+税）

乱丁・落丁はお取り替えします。

2017年 7月 12日初版第1刷印刷
2017年 7月 18日初版第1刷発行
著　者　小諸悦夫
発行者　百瀬精一
発行所　鳥影社 (www.choeisha.com)
〒160-0023 東京都新宿区西新宿3-5-12トーカン新宿7F
電話 03(5948)6470, FAX 03(5948)6471
〒392-0012 長野県諏訪市四賀 229-1(本社・編集室)
電話 050(3532)0474, FAX 0266(58)6771
印刷・製本　シナノ印刷

ISBN978-4-86265-627-8 C0093